NEGATIV:PFLEGE

Von Robert Kultscher

Impressum:

© 2009by Robert Kultscher

Herstellung und Verlag: Books on Demand GmbH, Norderstedt

ISBN: **9783837029130**

Bibliografische Information der Deutschen Nationalbibliothek
Die Deutsche Nationalbibliothek verzeichnet diese Publikation in der
Deutschen Nationalbibliografie; detaillierte bibliografische Daten
sind im Internet über http://dnb.d-nb.de abrufbar.

Vorwort

Nein, nicht jeder Krankenpfleger arbeitet wie die Hauptperson in diesem Buch (Horst Buhtke), aber es sollte jedem bewusst sein, manche denken zumindest so.

Nein, nicht jeder Angehörige ist ein Arschloch, die Meisten sind besorgte und liebenswerte Personen, aber es sollte jedem bewusst sein, täglich ist mindestens einer pro Station genau wie hier im Buch beschrieben.

Nein, nicht jeder Arzt ist unfähig, sehr viele retten tagtäglich Leben und verdienen jeden Cent ihres Gehaltes, aber es sollte jedem bewusst sein, viele Akademiker sind heuchelnde, kleine, unfähige Angeber, die meinen, die Welt bräuchte sie tatsächlich.

Nein, nicht jeder Patient ist eine mühsame Belastung für jede Pflegeperson, aber es sollte jedem bewusst sein, nicht jeder Patient ist der arme und schwache hilfsbedürftige Mensch.

Hier in dieser fiktiven Krankenhauswelt treffen Extreme aufeinander. In diesem Buch werden Krankenpflegepersonen, Ärzte, Patienten und Angehörige überspitzt, jedoch real dargestellt.

Für grammatikalische, oder stilistische Fehler ist ausschließlich der Autor verantwortlich. Kein Lektor wurde bemüht und professionelle Korrekturleser waren dem Schreiber einfach zu teuer.

Der Autor

Masterplan

Veilchenblaue Regionen im Gesicht. Ich blicke zu Norrgrund und kann es nicht glauben. Norrgrund ist niemand geringerer als mein vor kurzem gekaufter Badezimmerspiegelschrank. Er besitzt eine glasklare Einteilung und er bietet gleichviel Platz für zwei Personen. Dies verspricht nicht nur die Beschreibung des morgendlichen Begleiters, es entspricht der Tatsache. Wenn man es also fertiggebracht hatte, dieses Ding aus dem Karton zu schälen, um es anschließend im Alleingang zusammenzuzimmern, so hat man ein hübsches, jedoch sehr schlichtes Badezimmerutensil. Wenn ich jemandem, einfach nur so zum Vergnügen den Namen des Produktes nenne, kann ich jede Wette eingehen, mein Gesprächspartner erkennt sofort den Verkäufer. Diese mysteriöse Möbelfirma aus dem schönen Schweden ist mit hoher Wahrscheinlichkeit in jedem deutschen, schweizer und österreichischem Haushalt zu finden. Kein Mensch kann sich diesem blau-gelben Monstergeschäft entziehen! Vor einiger Zeit flog ich mit einer Billigairline von Wien-Schwechat nach Bukarest, und während des Landeanfluges auf den Flughafen Bukarest-Baneasa strahlte mir ein riesengroßer IKEA entgegen. Es gibt kein Entkommen! Versuchen sie es erst gar nicht, sie werden diesen Kampf verlieren.

Es ist gerade fünf Uhr morgens, vor wenigen Augenblicken bin ich aufgewacht. Mit aller Kraft schleppte ich mich in mein kleines, mickriges Badezimmer. Norrgrund zeigt mir mein momentanes ICH. Ekelhaftes, hässliches, stinkendes, wie monatelang in der prallen Sonne schmorendes Stück Fleisch. So sehe ich nicht nur aus, meine Gemütsbewegung für mich und meinen Körper fühlt sich ebenso nach einem großen Verlierer an. Der Versuch mein rechtes Auge zu öffnen scheitert kläglich. Dabei sollte dies derzeit keine größeren Probleme darstellen. Immerhin ist es gesund und gerade einmal nicht angeschwollen. Mein Linkes hingegen hat in der vergangenen Nacht, so zwischen zwei Uhr und fünf Minuten nach zwei Uhr die Bekanntschaft mit einer offenen Kastentüre gemacht. Ich vermute es war PAX, mein aggressiver Vorzimmerschrank. Auf dem Weg zur Toilette rammte ich mir die Kante der Vorzimmerkastentür, die idiotischer weise offen stand, mitten auf mein linkes Auge. Zumindest könnte dies die Erklärung werden, die ich heute in meiner Arbeit verkünde. Was sollte ich denn verdammt noch einmal sonst erzählen? Die Wahrheit? Dann müsste ich die Geschichte mit dem Auge und der Kastentür wohl ein klein wenig abändern.

Seit über einem Jahr finde ich mich abends immer wieder in diversen Drecksgaststätten und Kneipen wieder. Dunkle, laute und verruchte Ecken! Und hier in meiner Heimatstadt Wien gibt es von diesen Gegenden leider mehr als genug. Wobei, warum „leider"? Seit meinem fünfzehnten Lebensjahr suche ich doch eben genau diese dunklen Ecken. Je dreckiger umso besser, je dreckiger umso interessanter, je dreckiger umso rockiger. Und wenn ich seit meiner Pubertät eines sein wollte, dann wohl rockig. Oder besser noch punkig! Ja, das trifft es wohl noch tausendmillionenfach besser. Eigentlich ein dummes Wort: Punkig! Ich war PUNK! Und das war in den Neunzigern schon etwas richtig Besonderes. Diese Jugendkultur aus England wurde bekanntermaßen in den Siebzigern gegründet. Natürlich hätte ich liebend gerne die Chance erhalten, 1977 oder 1978 auf der Straße in London zu leben. Und zwar tatsächlich und wortwörtlich gemeint auf der Straße. Keine Menschenseele hätte es zustande gebracht mich zu überreden als Punk in einer kleinen schäbigen Londoner Mietwohnung zu leben. Meinetwegen könnte ich mit dem Gedanken leben als stinkender Prollpunk in einer WG zu hausen, vor mich hinzuvegetieren, vor mich hinzu trinken und vor mich hinzu stinken. Zu acht in einer 35qm Wohnung an der Downing Street. Das wäre mein Leben gewesen. Aber meine Jahre waren nun einmal die Neunziger! Somit kam ich zu keiner Downing Street, sondern nur zur Pilgramgasse im fünften Wiener Gemeindebezirk. Rund um diese Gegend findet man immer wieder einmal verruchte Ecken. Meine Versuche mich in sogenannten „Innlokale" zurechtzufinden endeten kläglich. Egal ob

Lokale wie das P1 (berühmte Wiener Disko) oder auch das Cafe Cherie (früheres Innlokal im 1. Bezirk), ich fühlte mich stets falsch und unwohl an diesen Plätzen. Herausgeputzte Teenagerweiber sind auf der Suche nach pubertären, pickeligen Jungspritzern in Form von 16-19 jährigen jungen Hengsten. Überall in diesen Lokalen ging es immer nur um eines. Um Sex. Man traf sich um seine Chancen beim angestrebten und für den gemeinsamen Koitus erwünschten Geschlecht zu überprüfen. Der Test startete bereits beim Betreten des Lokals. Es war immer die gleiche Prozedur. Oder die Selbe? Ist ja im Moment nicht so wichtig. Kaum betrat ich so eine Kneipe oder so ein Cafe, wanderten auch schon alle Augenpaare in meine Richtung. Hatte ich die richtige Jacke an? Eine coole altdeutsche Lederjacke sollte es schon mindestens sein. Und meine Hose? Es sollte kein Fleck darauf zu sehen sein! Selbst, oder eben vor allem die Schuhe, sind von ungeheurer Wichtigkeit. Mit gewissen Sportschuhen durfte man ja nicht einmal in diese Scheisslokale hinein. Die Männer (besser Burschen) musterten mich um einen eventuellen Konkurrenten auszuspionieren und die Frauen (besser Mädchen) wollten an der Kleidung, der Frisur und dem Gangbild die vorhandene Männlichkeit erschnuppern. Stichwort: Sexualpheromone! Vielleicht wollte ich tatsächlich nicht in diese Gaststätten, vielleicht fand ich die Damenwelt zu dieser Zeit vollkommen uninteressant und vielleicht war auch die Musik an diesen Orten nicht mein Geschmack. Höchstwahrscheinlich jedoch, hätte ich damals bei den Gören auch überhaupt keine Chancen gehabt. Ich schätze das ist wohl die traurige Wahrheit. Also blieben mir nur die Spelunken. Und da man in diesen Kreisen als Punk ganz gut durchkam, wählte ich diese Maske um mein wahres ich zu verstecken. Und nach vielen Jahren in düsteren und vor allem verrauchten Höhlen gewöhnte ich mich so sehr daran, dass ich es in sogenannten „normalen" Bars und Discos nicht mehr aushielt.

Gestern Abend war es also wieder einmal soweit. Um zwei Uhr morgens war ich im ersten Bezirk unterwegs um meinen zermürbenden Alltagsstress mit Hilfe von gebrauten Hopfen- und Malzgetränken und ähnlich halluzinierenden Hilfsmitteln zu entfliehen. Bis zu diesem Zeitpunkt war mein 32jähriger Körper schon seit ca. sieben Uhr abends unterwegs gewesen. Seit meinem dreißigsten Geburtstag fällt es mir zwar immer schwerer so lange und so häufig durchzuhalten, jedoch versuche ich mir immer wieder meine nicht mehr vorhandene Ausdauer zu beweisen. Körperliche Symptome werden dank des Alkohols ignoriert und am nächsten Tag dafür umso intensiver wahrgenommen. Extrasystolen, Dyspnoe, Hitzewallungen, Unruhe und ein verstärkter Puls. All dies kommt und geht in unregelmäßigen Abständen. Aber zugeben würde ich dies niemals. Ich, ein ehemaliger Punk, werde nicht krank. Nicht vor meinem sechzigsten Geburtstag. Natürlich habe ich mir früher alle möglichen berauschenden Substanzen in meinen Körper geschmissen, geraucht und geschnupft, jedoch zeigen sich doch körperliche Beschwerden erst zwanzig oder dreißig Jahre später, oder? Seht euch doch die Stones an! Die haben sicher keinerlei gesundheitliche Probleme und die waren bestimmt viel schlimmer in der ganzen Alkohol und Drogenscheisse beheimatet als ich.

Direkt nach der Arbeit legte ich los. Ungefähr sieben oder acht Flaschen Bier und ein oder zwei Pint Snakebite liefen bisher durch meine Kehle. Dazu noch einige Wodka und Whiskey. Eigentlich ist es nun auch völlig egal wie viel Alkohol ich bis zu diesem Zeitpunkt gesoffen hatte, denn ich war erledigt, kaputt und zum Denken nicht mehr in der Lage. Ich stand, oder besser gesagt, ich versuchte zu stehen, um ganz ehrlich zu sein, ich lehnte an der Bar eines heruntergekommenen Hardrocklokals im Herzen von Wien und neben mir stand da dieser Kerl. Ein junger Mann so um die zwanzig. Er starrte mich schon die ganze Zeit so komisch an. Keine Ahnung weshalb. Vielleicht hatte er mit sich selbst bereits hohe Wetten abgeschlossen wie lange ich mich noch auf den Beinen halten würde. Und eine Hälfte in seinem Körper traute mir unmenschlichen Alkoholkonsum zu und der andere Teil hat mich und mein Stehvermögen schon komplett aufgegeben. Dieser Kerl war komplett dunkel gekleidet. Schwarze hautenge Jean, schwarzes T-Shirt von der Band „Masterplan". Scheinbar war es ein sogenanntes Tourshirt. Fast jeder Musiker der Neuzeit veröffentlicht zu allen Tourneen neue Tourshirts. Alle sehen gleich aus: Vorne ein brandaktuelles Bandlogo, eventuell noch mit dem Schriftzug der Musiker versehen. Und hinten befinden sich nochmal die Namen der Künstler, das Jahr und der Name der Tournee. Seit einigen Jahren hat jede Tour ein eigenes Motto. Den Fantasien sind hier keinerlei Grenzen gesetzt. Besonders schön und originell sind immer wieder die Namen der Band „Die Ärzte" (Rauf auf die Bühne, Unsichtbarer – Jenseits der Grenze des Zumutbaren – Es wird eng, und ähnliche). Und unter dem Tourneetitel stehen dann ganz viele Städtenamen und Kalenderdaten. Je länger diese Liste ist, desto berühmter und international wichtiger sind diese Künstler. Junge Bands die gerade einmal fünf oder acht Konzerte hintereinander spielen können, da sie noch nicht für mehr Gigs gebucht werden, sollten einfach noch keine Tourshirts produzieren. Es wirkt lächerlich!

Vor mir stand also wahrscheinlich ein Fan von „Masterplan". Besonders beeindruckt war ich nicht gerade, insbesondere deshalb, da ich diese Band nicht kannte. Im Hintergrund dröhnte lautstark ein Song von der Band „Die Böhsen Onkelz". An den genauen Song kann ich mich nun, vor meinem Spiegel stehend, beim besten Willen nicht mehr erinnern. Ich weiß nur noch, dass ich diesen Sound genossen hatte. Diese Band war nicht umsonst so erfolgreich gewesen. Harter Rocksound zu einer rauen und noch härteren Rockstimme. Nüchtern und Besoffen ein echter Genuss. Laut zugeben darf man dies ja in so manchen Kreisen nicht. Schon gar nicht ein ehemaliger Punk wie ich einer war. Aber ich schätze mal ich war bei den Punks immer nur ein kleiner Mitläufer. Eine sogenannte verinnerlichte politische Prägung kannte und kenne ich nicht. Sowohl Dinge von den rechten, als auch von den linken politischen Parteien in Österreich sind für mich ok. Und genauso viele Dinge von denen sind Schrott für mich. In einem bin ich mir jedoch zu hundert Prozent sicher: Alles Radikale, egal ob „rechts" oder „links" ist abzulehnen und vollkommen indiskutabel. Und ich schäme mich nicht gleichzeitig Musik der Ärzte und die Songs der Onkelz zu hören. Mit Sicherheit gibt es tausende Menschen wie mich, nur ich gebe es öffentlich zu. Wenn ich bei einem Konzert einer linksgerichteten Gruppe stehe und eine Band wie die Onkelz verbal angepöbelt wird, juble ich nicht mit und genauso umgekehrt. Während ich also diese Musik genossen habe, geschah an dem gestrigen Abend folgendes: Der junge Kerl, dessen Namen keinen interessiert, begann mich zu provozieren. Dies war um punkt zwei Uhr früh. Erst um zwei Minuten nach zwei Uhr bekam ich überhaupt etwas davon mit. Meine Reizleitung arbeitete wohl schon etwas verzögert. Aber diesen Zustand kannte ich ja. Drei Minuten nach Zwei, reichte es mir dann endgültig und ich holte meinen rechten Arm zum allesentscheidenden und die Menschheit vernichtenden letzten Schlag aus. Aufgrund meines Alkoholspiegels, der es mir wohl nicht mehr erlauben würde ein Kraftfahrzeug zu lenken, schaffte ich es gerade nicht als Held aus diesem Lokal zu gehen. Erstens weil ich nicht mehr gehen konnte, zweitens weil es niemanden hier interessiert hätte ob ich diesen Kerl zerstört hätte oder nicht, und drittens weil ich meinen Gegenüber ohnehin nicht erwischt hatte. Knapp aber doch fuhren meine Faust, mein Arm, meine Schulter und dahinter alles andere von mir an dem Idioten vorbei. Um zwei Uhr und vier Minuten schlug mein Gesicht auf die bereits geballte und seit längerem wartende Faust des jungen Arschlochs. Nur eine winzige Minute später, nämlich um zwei Uhr und fünf Minuten lag ich regungslos in meinem eigenen Blut.

So eine Geschichte bietet sich nicht gerade an, sie um halb sieben Uhr früh bei Dienstbeginn seiner Vorgesetzten, nachdem sie gefragt hat „wie siehst du denn heute aus", zu erzählen. Also wird wohl der arme Vorzimmerkasten als Sündenbock herhalten müssen. Nach diesem blutigen Vorfall wurde

ich von mir völlig unbekannten Personen in ein zufällig vorbei-
fahrendes Taxi verfrachtet. Ich schaffte es gerade noch, blut-
spuckend, meine Adresse zu nennen. Der Fahrer des Taxis
hatte es verständlicherweise recht eilig mich daheim abzuset-
zen. Der Turbanträger hatte keine Lust die beigen Kunstleder-
bezüge seines recht neu und sauber wirkenden Opel Astra
Taxis nach der nächsten Fuhr waschen zu müssen. Sein Dienst
sollte noch bis acht Uhr früh andauern und der Gestank von
Erbrochenem und Blut in einem Taxi würde mit Sicherheit
seinen Verdienst schmälern. Da setzt sich ein Wiener in das
Taxi eines tüchtigen Zuwanderers und kotzt ihm seinen Wagen
voll. Das darf nicht passieren. Mir war zwar überhaupt nicht
übel gewesen, aber woher sollte der Fahrer das denn wissen.
Viel reden wollte ich ohnehin nicht, da mein Gesicht schmerzte. Mein Auge tat weh von der Zusammenkunft mit der Faust
und mein Maul tat weh, nachdem ich mit meinem Mund den
Boden küsste. Die Fahrt dauerte zum Glück nur wenige Minuten. Bald war ich wieder daheim in meinem Palast der einfa-
chen Leute. Mein Domizil ist mein Leben. Hier in dieser kleinen, schäbigen, vom Schimmel befallenen 35qm
Altbaumietwohnung bin ich der König. Hier bestimme ich was
geschieht. Niemand darf es auch nur wagen mir in mein Leben
zu quatschen und am wenigstens darf mir hier in meiner Wohnung jemand gut gemeinte Ratschläge erteilen. Natürlich würde es hier freundlicher aussehen wenn ich meine zwei Zimmer
endlich wieder einmal aufräumen würde. Und auch das Badezimmer könnte wieder etwas Scheuermittel vertragen. Von der
Küche ganz zu schweigen. Abgewaschen wird nicht bevor das
dreckige Geschirr nicht mehr zu stapeln geht. Alte Regel in der
„Horst Buhtke-Wohnung". Mir, Horst Buhtke, kann hier keiner was. Und überhaupt, der rund fünfzig Zentimeter große
Wasserschaden im Vorzimmer ist immer noch nicht gerichtet
worden. Bereits der Vormieter hat diesen verursacht. Nachdem mein Vermieter aber ein enger Freund meines Vorgängers
war und immer noch ist, denkt dieser erwartungsgemäß nicht
daran etwas an dieser Situation ändern zu wollen. Das hätte ich
besser vorher wissen sollen. Solange also in meinem Vorzim-

mer ein riesengroßer Schimmelpilz meine Gäste begrüßt und langsam aber sicher auch meine Atemwege befällt, bringt es doch gar nichts regelmäßig Staub zu wischen und den Boden zu saugen. Auch das reinigen der Kloschüssel ist für meine Gesundheit nicht förderlich. Wird doch sowieso nach jedem Spülen gesäubert. Sollte doch reichen. Die Spuren meiner längeren Sitzungen entferne ich sogar immer tüchtig mit der Klobürste. Es sieht also makroskopisch rein aus. Für diese Traumwohnung bezahle ich monatlich €280,-. Kalt versteht sich.

Nun, nach nur kurzen zwei Stunden Schlaf, stehe ich also hier in meinem Badezimmer und quäle mich enorm diesen neuen Tag zu beginnen. Sollte man nicht einen neuen Tag fröhlich begrüßen und positiv gestärkt neue Taten und Ziele anstreben? Nicht nach nur zwei Stunden im Bett! Mein Kopf schmerzt. Neben dem Waschbecken liegen immer bereits einige Schmerztabletten. Sie erwarten mich jeden morgen und hoffen mir mit ihrer Wirkung den Tag wenigstens einigermaßen erträglich zu gestalten. Mexalen, Parkemed, Proxen. Diese Auswahl reicht meistens. Irgendeine dieser Schmerztabletten wird schon wirken. Eigentlich ist der Begriff „Schmerztablette" etwas irreführend. Genaugenommen sollte ich diese Wundermittel der modernen Pharmaindustrie richtigerweise „schmerzstillende Tabletten" nennen. Oder den englischen Namen dafür: Pain Killer! Klingt doch richtig cool oder? Auf jeden Fall klingt es besser als die deutschen Versionen, aber das ist ja öfter der Fall. Ob es den Amerikanern selber auffällt wie cool deren Sprache klingt? Wohl eher nicht. Der gemeine Amerikaner nimmt also Wörter oder Floskeln wie „Highway", „Fast food", „Emergency Room", oder eben „Pain Killer" in den Mund und ahnt überhaupt nicht, welche, fast schon magnetische Wirkung diese auf den deutsch sprechenden Menschen ausübt. Autobahn, Schnellimbiss, Notfallabteilung oder schmerzstillende Tablette stinkt dagegen so richtig ab. Heute Morgen sollte mir ein Parkemed ausreichen. Also wird es noch auf nüchternen Magen von mir geschluckt. Nachdem ich als

Krankenpfleger an einer chirurgischen Bettenstation arbeite, habe ich schon viele Tabletten zum Zweck der körperlichen Selbstversuche zu mir genommen. Habe ich soeben etwas von einem nüchternen Magen berichtet? Dies führt ebenso mit Sicherheit zu Irrtümern. Denn einen mit Alkohol vollgepumpten Magen als Nüchtern zu bezeichnen mag seltsam klingen, jedoch sollte man um diese Uhrzeit doch davon ausgehen dürfen, dass mein hinuntergespültes Bier und der gesamte Rest bereits bei meiner Leber angekommen sind und von dieser unter großen Anstrengungen verarbeitet und abgebaut wird. Trotz meiner Ausbildung zum Krankenpfleger habe ich diese Vorgänge im menschlichen Körper nie so richtig verstanden. Daher arbeite ich auch nicht auf einer internen Abteilung. Hier auf meiner Chirurgie kenne ich mich wirklich ausgezeichnet aus. Jahrelang hatte ich Zeit um mir perfektes Fachwissen anzueignen. Und ich habe es tatsächlich zu einem beachtlichen Wissen gebracht. Dies hätte ich wohl auf einer Internen nie geschafft. Trotz meines Wissens darf man mich aber jetzt nicht als besonders fleißig einstufen. Ich habe meine ganz eigene Philosophie und Denkweise, diese Thematik betreffend. Erst wenn ich fachliche Kompetenz erworben habe und darüber hinaus auch noch über mehr Wissen besitze als einige andere Mitarbeiter auf meiner Station, kann ich geschickt und frech genug sein, so wenig wie nur möglich arbeiten zu müssen. Klingt komisch, ist aber so! Vielleicht klappt dies nur in diesem Job, aber als Krankenpfleger kann man so wirklich jahrelang als kompetenter Kollege durchgehen. Job ist übrigens eines der wenigen englischen Wörter, die nicht cooler klingen als die deutschen Gegenspieler! Das Wort „Beruf" finde ich irgendwie edler. In den letzten sechs Monaten kam ich so ungefähr acht oder neunmal zu spät in den Dienst. Es war keine Absicht, jedoch mein Privatleben zwang mich irgendwie dazu. Jedes Mal hörte ich mir eine Predigt meiner Chefin an. Und das ist, trotz meines Standes, doch immer wieder unangenehm. Also muss ich heute unbedingt pünktlich erscheinen. Eine Krankmeldung kommt für heute leider Gottes auch nicht in Frage.

Viel zu viele Eintageskrankenstände kamen im letzten Jahr bereits vor. Und langsam wird das Ganze zu auffällig.

Aufgrund purer Faulheit hatte ich mir vor wenigen Wochen eine sündteure elektrische Zahnbürste zugelegt. Damit macht Putzen erstmals in meinem Leben Spaß. Anfangs kitzelte die rotierende Bürste noch wie verrückt auf meinem Zahnfleisch, aber mittlerweile ist es ok. Ich schließe also wie jeden morgen noch für wenige Minuten meine Augen und starte meine Zahnbürste. Ein leises Surren ist zu hören. Sonst nichts. Ich träume mich, während die moderne Technik den Dreck von meinen gelben Zähnen schießt, noch ein wenig in mein Bett. Das Schließen der Augen beruhigt nicht nur meine Kopfschmerzen sondern ebenso die Schmerzen rund um mein blaues Auge. Es wundert mich ein wenig. Mein Mund schmerzte überhaupt nicht. Vor wenigen Stunden tropfte mir noch der blutige Speichel aus dem Mund und nun tut mir überhaupt nichts mehr weh. Selbst wenn ich mit der harten Zahnbürste herumfahre, kein Schmerz. Viele Menschen haben ja eigene Zahnputztechniken entwickelt. Schon als Kind erfährt man spätestens vom Zahnarzt von der goldenen Regel des Zähneputzens: Von Rot nach Weiß! Also immer vom Zahnfleisch zum Zahn putzen und nicht umgekehrt. Auch immer nur senkrecht putzen, nie waagrecht hin und her scheuern. Manche Leute putzen jeden einzelnen Zahn ganz bewusst. Und das zweimal oder dreimal täglich. Irgendwo hatte ich einmal gelesen, dass sich nicht einmal einhundert Prozent der Österreicher und der Deutschen einmal am Tag die Zähne putzen. Von den Schweizern weiß ich es nicht so genau. Wird aber wohl ähnlich sein. Erschreckend oder? Wie viele Mitbürger von uns betreten somit also jeden Morgen die U-Bahn oder den Bus und stinken aus dem Maul wie eine Kuh aus dem Arsch? Wir kennen alle solche Momente. Wir stehen im Bus und neben uns stellt sich ein an und für sich gepflegt wirkender Mensch. Wir denken an nichts böses, bis sein Handy klingelt, oder er einen Bekannten im Bus trifft. Nun fängt dieser Unbekannte zu reden an und wir erkennen den Hauch des Todes wieder. Es gibt wohl nicht viele üblere Gerüche als diesen. Verfaulter Atem! Ich hoffe, dieser Mensch reinigt sich wenigstens beim Zahnarztbesuch seinen Mund. Geht so einer überhaupt zum Zahnarzt? Ich bin froh kein Zahnarzt zu sein. Viele Menschen würden sich vor mir fürchten und ich würde täglich an irgendwelchen Dreckszähnen und blutigen Zahnfleischentzündungen herum werken. Furchtbarer Gedanke. Ich habe jedenfalls keinen Zahnputzfimmel, aber einmal am Tag schiebe ich mir schon eine Zahnbürste in den Mund. Und seit kurzem eben sogar eine moderne Elektrische. Eine Technik kann ich dafür aber nicht anführen. Manchmal rasch hin und her und rauf und runter. Oder eher, rauf und runter und oval hin und her, wegen „Rot zu Weiß"! Dann wieder jeder Zahn rund herum einzeln. Heute Morgen sind es etwas mehr als die berühmten drei Minuten, denn das Schließen der Augen tut einfach zu gut. Ich genieße den Putzvorgang gerade enorm. Danach noch rasch mit Mundwasser spülen und raus aus dem Bad. Haare kämmen fällt bei mir aus, da ich meine Haare extrem kurz trage. Wenn sie maximal einen Zentimeter lang geworden sind werden sie mit dem elektrischen Haartrimmer wieder gekürzt. Aus purer Faulheit wieder einmal. Keine Chance den Langhaaren! Seit drei Jahren lebe ich nach diesem Prinzip. Früher als Punk war es mir immer wichtig einen gut gestylten Irokesen zu basteln. Die Haarfarbe wechselte ständig. Mal Rot, mal Grün, mal Blau, mal Schwarz und manchmal sogar alles auf einmal. Aber der Irokese musste perfekt sein. Heute ist mir die Frisur egal. Besser noch, ich mag keine Frisur, deshalb einfach Haare ab. Nichts politisches, nur einfach Faulheit! Meinen Bart werde ich heute sicher nicht rasieren. Ich bin zwar schon wieder etwas überfällig, aber das wird meine Umwelt heute mit Sicherheit überleben. Drei Tage hatte ich mich bereits nicht rasiert. Und ich kann mit meinem Dreitagebart leider nicht einmal angeben, da mir der Bart nicht flächendeckend, gleich dicht und lang wächst. An manchen Stellen sieht mein Gesicht sogar kahl aus. Es erinnert ein wenig an die berühmten Kreise in den Kornfeldern, die angeblich von Außerirdischen, mindestens aber von irdischen übermächtigen

Kräften getreten wurden. Nur für meine kahlen Wangen interessiert sich kein Reporter. Georg Clooney und Brad Pitt, die haben Bärte, die haben Bärte, Jan und Hein und Klaas und Vit, die haben Bärte die fahren mit, how, how, how. Gerade beim Betrachten meines Bartes muss ich an das Original dieses Liedes denken. Den Titel kenne ich gerade nicht, aber ich denke es war etwas mit Wale und Robben fangen und irgendwelchen Bärten. Bitte fragt mich nicht genauer. Jetzt noch schnell anziehen und dann kann es losgehen. Die Lust um diese Uhrzeit und in diesem Zustand nach sauberen und schönen Klamotten zu suchen hält sich in Grenzen. So etwas wie einen aufgeräumten Kleiderschrank besitze ich nicht und selbst wenn, würde sich im Moment wohl keine saubere Wäsche darin aufhalten. Wäsche waschen, Wäsche bügeln, Wäsche zusammenlegen. Ein Horst Buhtke macht dies so selten wie nur irgendwie möglich. Nachdem ich meine Kleidung ausgezogen habe, werfe ich diese auf den bereits und immer vorhandenen Wäscheberg im Schlafzimmer. Einen kleinen Wäscheberg gibt es auch im Badezimmer. Und auch in den restlichen Räumen befinden sich meist vereinzelte Kleidungsstücke. Ausgenommen sind in meinem Reich nur das Vorzimmer und das Klo. Auf dem Klo ziehe ich mich nie komplett aus und deshalb gibt es keinen Grund dort seine Wäsche zu verlieren und das Vorzimmer ist soweit es geht rein, denn sollte es einmal an der Türe klingeln, möchte ich, ohne als dreckiges Arschloch aufzufallen, öffnen können. Da ich jedoch aufgrund puren Geldmangels keine eigene Waschmaschine mein Eigen nennen kann, ist die Reinigung meiner Kleidung immer mit Aufwand und Arbeit verbunden. Dies widerspricht sich von je her mit meinem Naturell. Es gibt für mich drei Möglichkeiten an saubere Kleidung zu gelangen.

1.: Meine Eltern waschen meine Sachen. Genauer gesagt, meine Mutter. Dies würde nicht nur bedeuten, dass ich meine Wäsche quer durch Wien transportieren müsste um diese zu meinen Eltern zu schaffen. Nein, es würde ebenfalls bedeuten, zugeben zu müssen, den normalen täglichen Alltag mit zweiunddreißig Jahren immer noch nicht alleine bewältigen zu können. *Der Sohn lebt alleine in einem verschimmelten Loch und kann sich noch nicht einmal seine Wäsche alleine waschen. Und rasiert ist er auch nicht. So kann er ja keine Schwiegertochter finden. Wir werden nie Großeltern.* Das sind Sorgen, oder? Mein Stolz subtrahiert somit rasch die Möglichkeit 1.

2.: Der Waschsalon. Treffpunkt der Waschverlierer. Zugegeben, ich kenne nur einen einzigen Waschsalon in Wien. Der, den ich kenne wäre ganz in der Nähe. Irgendwo nähe Nussdorfer Straße. Und ich blicke immer wieder hinein. Ein Bild hat sich besonders in mein Gehirn gebrannt. Es ist Winter. Draußen hat es minus fünf Grad Celsius. Eisigkalt genug um sich an ein *irgendwo drinnen sein* zu sehnen. Es liegt Schnee, jedoch kein schön romantischer Neuschnee, sondern grausamer Stadtschnee. Braune Masse vermengt mit gefrorener Hundescheiße liegt neben den Fahrbahnen. Gerade genug alter hässlicher Schnee um nicht mehr problemlos von einer Straßenseite zur anderen zu gelangen. Und ich gehe an diesem Winterabend an dem Waschsalon vorbei. Er ist hellbeleuchtet, man kann durch die riesigen Fensterscheiben sehr gut alle traurig und einsam wirkenden Menschen im Inneren des Ladens erblicken. Es ist eine dezent depressive Stimmung rund um diesen Salon. Bereits mehrere Meter vor dem Laden hören die Geräusche auf zu existieren. Kein Straßenlärm ist zu hören, keine Kinder die nebenan an einem kleinen dreckigen Stadtschneeschneemann basteln sind zu bemerken und keinerlei Wind und Wettergeräusche sind vorhanden. Die negativen Schwingungen verschlingen alle Strings hier in dieser Umgebung. Ein schwarzes Loch der Akustik! Lediglich einige, nach Hilfe rufende verlorene Seelen sind aus dem Inneren des Waschsalons zu hören. Verlorene und vergessene Seelen. Trotz der eisigen Kälte möchte man lieber noch kilometerlange Wegstrecken in Kauf nehmen, als sich in diesem Waschsalon aufzuwärmen.

3.: Die Waschküche in meinem Wohnhaus. Hier in meinem altwiener Zinshaus existiert eine sauber eingerichtete kleine Waschküche. Man könnte sie, ohne zu schlecht über sie zu reden, sehr gut als „altbacken" bezeichnen. Zwei Wasch- und Trockeneinheiten sind vorhanden. In jeder der Beiden findet sich komplett die gleiche Einrichtung. Nur Seitenverkehrt. Gleich neben dem Eingang befindet sich an der Wand ein kleiner Münzautomat. Dieser muss bereits seit mehr als vierzig Jahre hier hängen. Mit Sicherheit! Diese Maschine benötigt eigene Waschmünzen. Kleine, runde, rote und aus Kunststoff gefertigte Münzen, die bei der Hausbesorgerin zu bekommen sind. Eine Münze für einen Euro. Früher: Eine Münze für zehn Schilling. Auch hier in der kleinen Wiener Waschküche hat die Einführung des Euros zu nicht erklärbaren Teuerungen geführt. Doch wie hätte man es sonst lösen sollen? Die Münze mit dem nächst geringerem Wert wäre die 50-Cent Münze. Und das wäre wieder günstiger als 10 Schilling. Natürlich kann niemand verlangen, das Waschen aufgrund der Währungsum-stellung zu vergünstigen. Wenn nicht verteuern, dann auch nicht vergünstigen. Dies Funktioniert eben nicht. Hinter dem Münzapparat steht die Waschmaschine. Es ist eine uralte Miele Waschmaschine. Ich bin nicht in der Lage das Alter zu schät-zen, ist aber auch unwichtig. Sie funktioniert einwandfrei. Ne-ben der Waschmaschine ist der Wäschetrockner. Mit einem mindestens doppelt so hohem Fassungsvermögen wie die Waschmaschine. Ist nicht besonders sinnvoll, jedoch Tatsache. Aus! Mehr ist in diesen Räumen nicht zu finden. Nur kalte, feuchte Wände und eine alte Holztür in der noch ein Schlüssel, an dem noch ein echter und originaler Bart erkennbar ist, steckt. Meine Faulheit verhindert meine Wascherfolge. Von offizieller Seite stünde mir ein Waschtag alle zwei Wochen zu. Damit dieser Plan auch gerecht eingehalten wird und hier in diesem Wohnhaus nicht die Anarchie Oberhand bekommt, thront in der Erdgeschoßwohnung mit der Türnummer eins die amtierende Hausbesorgerin. Frau Kratcky! Die Ähnlichkeit mit dem österreichischen Radiomoderator ist rein zufällig. Sowohl die Namensgleichheit wie auch die ähnlichen Gesichtszüge. Keine Verwandtschaft, ja nicht einmal eine Verschwägerung. Ich muss es wissen, ich habe mehrmals ungläubig nachgefragt. *Aber sie müssen doch....! Nein, wenn ich es doch sage! So etwas kann doch kein Zufall sein. Was muss ich denn noch machen damit sie mir Glauben schenken?, usw.* Frau Kratcky führt ein strenges Regiment. Ausnahmen gibt es keine. Ein Waschtag alle zwei Wochen. Jetzt müsste ich es noch schaffen mir regelmäßig die Termine dafür auszumachen. Wenn ich einen Termin in zwei Monaten ergattere bin ich froh, dann habe ich an diesem Tag wieder einmal eine tolle Leistung vollbracht. Vielleicht kam es auch ab und zu vor, dass ich sogar alle Monate einen Termin vereinbart hatte, nur ein Waschtag wird von mir immer verschlafen. Wenn ich mich jetzt nicht irre ist kommenden Freitag mein nächster Waschtag. Ich habe frei an dem Tag und am Vorabend könnte ich sogar daheim bleiben, mal sehen. Trotzdem sind es noch lange fünf Tage bis dahin. Unterhosen und Strümpfe werden immer mal mit der Hand gewaschen. Handwaschmittel besitze ich natürlich nicht, aber mein Duschgel tut es ja auch, oder? AXE statt PERSIL, riecht doch besser! Ich möchte mich nicht mit PERSIL unter der Dusche reinigen müssen, aber wenn meine Unterhosen nach AXE duften würde dies jede Frau wahrscheinlich begrüßen. Somit wüsste sie auch sofort was sie vom Inhalt der Hose geruchstechnisch erwarten darf. Ich kann nur hoffen, diese Erwartungen auch erfüllen zu können. Heute Morgen ist meine Auswahl an modebewusster Männerkleidung eher reduziert. Die blutige Bekleidung der letzten Nacht sollte es mit Sicherheit nicht sein. Auch wenn ich nur in die Arbeit gelangen muss, im halbwegs nüchternen Zustand möchte ich nicht mit angespeichelter Hose und mit, von Blutflecken versautem Oberteil im Bus sitzen, um mich vom restlichen Pöbel mustern und bewerten zu lassen. Verklemmte Anzug- und Schlipsträger, Hausmütterchen neben Pensionisten auf dem Weg zum Hausarzt, pickelige Lehrlingskreaturen und arbeitsscheues Gesindel, blicken auf mich herab. Nein danke, dann lieber Krankenstand. Zum Glück eröffnet sich noch die Lösung meine alte, dreckige Kleidung nach halbwegs brauchbarem zu durchsuchen. Also los, los! Langsam sollte ich in die Gänge kommen. Ein paar handgewaschene weiße Sportsocken hängen über dem Duschvorhang, ein Anfang ist gemacht. Ein dünner hellbrauner Bündchenpullover mit einem dezenten Ketchupfleck auf der rechten Brustseite, eine hellblaue Jean die seit einer halben Ewigkeit neben der Wohnzimmercouch zusammengeknüllt am Boden liegt und noch die dreckige Unterhose von gestern. Perfekt für den Zweck die Arbeit zu erreichen! Ab zum Bus. Nur wenige Meter von meiner Wohnung entfernt befindet sich die Busstation. Noch rasch mein Handy und meine Zigaretten in die Tasche gesteckt, dann geht's raus in die große weite Welt. Im Normalfall würde ich noch ein Buch mitnehmen. Ich fahre zwar nur wenige Minuten mit dem Bus, jedoch zeige ich gerne her, welcher Lektüre ich gerade die Pforte in mein Gehirn und in meine Seele öffne. Zurzeit ist es gerade „Dorfpunks" von Rocko Schamoni. Von diesem Kerl ein Buch im Regal stehen zu haben ist bereits so etwas wie Kult. Wenn ich mal in Hamburg bin werde ich sicher mal in den Pudelclub reinschauen. Hätte ich ein Notizbuch, könnte ich diese Erinnerung aufschreiben. Jetzt vergesse ich es wohl bald wieder. Verdammte Vergesslichkeit. Rocko Schamoni, Heinz Strunk, Charlotte Roche, Bela B. Felsenheimer, Sarah Kuttner, Stermann und Grissemann, Götz Alsmann, Robert Palfrader! Die Deutsch-Österreichischen Spitzenunterhalter und Charakterautoren. Dummer Begriff, gefällt mir jedoch trotzdem. Und manchmal hatte ich auch in der Arbeit Zeit meine Nase in ein gutes Buch zu stecken. Charles Bukowski drückt dazu wunderbar die negative Stimmung in meinen Gehirnwindungen aus um meine Kollegen von mir zu distanzieren. Aber nur die wenigsten kennen ihn und seine Werke. Ignorantenpack!

Quincy

Die meisten *normalen* Menschen vermeiden es, sich näher als dreihundert Meter an ein Krankenhaus heranzuwagen. Es ist eine gottgegebene Abscheu vor kranken Menschen. Komisch, wenn wir mit dem Auto auf der Autobahn an einem schweren Verkehrsunfall vorbeikommen, müssen wir automatisch stark abbremsen um genau zu beobachten, wie der ganze Menschenmatsch von der Feuerwehr weggewaschen wird. Reanimationen auf der A2 sind schon etwas Exklusives. Das Phänomen kennen wir Autofahrer alle: Unfall auf der Gegenfahrbahn führt zu einem kilometerlangen Stau in beiden Richtungen. Schaulust benötigt Zeit! Wenn wir in einer Gaststätte sitzen und wir erkennen am Nebentisch eine ältere Dame, die sich immer wieder ans Herz fasst, so hoffen wir alle schon wieder an das Wunder vom ewigen Leben. *Während ich hier bei meinem schwer verdienten Bier sitze, soll die Alte bitte noch überleben. Verdirbt mir ja alles!* Je weiter das Unglück und die Krankheit entfernt ist, umso geiler. Ein zerstückeltes Wiener Unfallopfer wird deshalb in der wenig informativen Nachrichtensendung „Wien Heute" nie in Großaufnahme gezeigt. Zu starke emotionale und geographische Bindung. Sieht man in „Zeit im Bild" jedoch zerfetzte Kinderleiber aus dem Irak so schmeckt uns das Abendschnitzel noch genau so gut wie zuvor. *Aus denen wären eh nur Terroristen und Halbwilde geworden!* Reine Überlebensfrage. Die eigene Rasse muss erhalten werden. Ist eigentlich überhaupt nichts böses oder politisches. Wird sicher etwas mit der Evolution zu tun haben. JA, ich glaube an die Evolution. Das kann mir keine Kirche der Welt etwas anderes Einreden.

In einem Krankenhaus wird den Leuten wieder bewusst, wie sterblich wir alle eigentlich sind. Wenn man als Patient aufgenommen wird, sieht man in irgendeinem anderen Teil der Station mit Sicherheit noch krankere Wesen als man selber gerade ist. Sieht man einmal keine krankeren Menschen, so sollte man hoffen, nicht mehr reanimiert zu werden. Man hat den höchstmöglichen Krankheitszustand erreicht. Die Tage werden schon längst nicht mehr von einem selbst bestimmt, sondern man ist abhängig von der modernen Medizin und vom guten Willen der Krankenpflege. Die Angehörigen sind bereits wieder gefasst und verscherbeln bereits die gesamte Erbschaft. Hoffentlich hat man selbst nur Schulden zu hinterlassen, dann geht man als Sieger aus dem Leben. Man hat das Leben überlistet. Der Sensenmann wird uns mitnehmen, egal ob wir gespart haben oder nur finanzielle Sorgen hinterlassen.

Trotzdem gibt es tausende von Menschen die freiwillig in solchen Krankenanstalten arbeiten. „Anstalten" ist ein seltsam negativ behaftetes Wort. Ich denke sofort an „wegsperren", „Qualen" und „zurückgeblieben". Wahrscheinlich bin ich gedanklich viel zu sehr im Bereich der Psychiatrie. *Wenn du so weiter machst kommst du in die Anstalt!* Ich kann nicht sagen weswegen andere im Krankenhaus arbeiten, ich jedoch bin wieder einmal dank meiner Faulheit zu diesem Job gekommen. Ich war zu faul um zum Bundesheer zu gehen, also kam ich als Zivildiener ins Spital. Hier begann ich über mein weiteres Leben nachzudenken. Meinen alten Job als Versicherungsvertreter wollte ich nicht mehr machen müssen. Also etwas neues finden. Ich hatte zehn Monate Zeit mir die Tätigkeiten der Schwestern hier anzusehen. Verstanden hatte ich überhaupt nichts, nur eines war für mich wichtig: Sie verdienten weit mehr als ich in meinem bisherigen Beruf und sie schienen sich nicht zu überarbeiten. Ob dies normal sei, wusste ich natürlich noch nicht. Heute kann ich mit Sicherheit sagen, es ist kein leichter Job! Jedoch kann man Wege finden sich den Job leichter zu gestalten. Also bewarb ich mich um einen Ausbildungsplatz. Keinen Schimmer was auf mich zu kam, jedoch motiviert, so fing ich an, mein neues und besseres Leben zu leben.

In dem kleinen Aufenthaltsraum der Bettenstation ist es gerade sechs Uhr dreizehn. Um halb sieben beginnt für das Personal der Tagschicht der 12,5 Stunden lange Dienst. Der Nachtdienst, der gleich die Dienstübergabe starten wird, sitzt bereits bei Kaffe und Zigaretten. Übermüdung ist im Raum spürbar. Dunkle Ringe unter den Augen begrüßen einander und wünschen sich einen halbwegs ruhigen Dienst. Der Duft von Kaffee wird nur durch den üblen Gestank des Zigarettenqualms bekämpft und erfolgreich vernichtet. Krankenhausfremden Personen würde der Verdacht in den Sinn kommen, Nikotin und Koffein seien verpflichtende Morgenrituale bei Pflegepersonen. Der Geheimbund der Krankenpflege erkennt sich untereinander an folgenden Zeichen: Rauchende Kaffetrinker, die auch ein deftiges Mittagessen genießen können, wenn am selben Tisch Leute über Fäkalien, Erbrochenem und/oder Operationen reden und sogar genaueste Details wie Blutverlust und Wundheilungsstörungen bildlich darstellen können. Alle anderen unterbrechen das Essen, einige verblassen völlig und wenige laufen aufs WC um zu kotzen. Nur die Pflegeperson fragt den blassen Tischnachbarn nach dem Rest der Pekingente.

Auch wenn überall quer durch Westeuropa in den letzten Jahren die Front gegen die Raucher immer stärker wurde und natürlich auch hier in Wien in den Gemeindespitälern niemand mehr raucht – auf dem Papier zumindest – so riecht es an manchen Tagen bereits um sechs Uhr früh wie in einem Wiener Irish Pub. Es ist wichtig zu wissen, wo dieses Irish Pub steht. In Irland sollten ja alle Pubs mittlerweile wie Parfumfabriken duften. Ein schrecklicher Gedanke: Ein Glas Paddy ohne Rauchwerk! Nichtraucher denken mit Sicherheit anders. Wann wurde der Vorgang des Tabakrauchens von den Menschen entdeckt? Vielleicht wurden ja schon die alten Maya-Priester von deren Freunden auf den grausamen Gestank in den Häusern und Kneipen hingewiesen. Deswegen auch die indiskutablen Menschenopfer. Allen Kritikern wurde bei lebendigem Leibe das Herz heraus gefetzt. Wenn man das in die heutige Zeit hineindenken würde! Ganz Europa ist von künstlich provozierten Nichtraucherheerschaften eingenommen. Ganz Europa? Nein! Ein kleines unbeugsames mitteleuropäisches Land namens Österreich hört nicht auf, dem Eindringling Widerstand zu leisten. Hier ist ja noch ein kleines Raucherparadies. Selbst wenn es für viele Europäer und Amerikaner befremdlich und beinahe schon beängstigend klingen mag, hier im kleinen Österreich darf in den meisten Restaurants und ähnlichen Lokalitäten noch geraucht werden. In einigen Jahren wird es wohl eigene Rauchertouristen geben. Sky Europe und Fly Niki werden eigene Rauchertickets anbieten. Das Sonderangebot: Drei Nächte in Wien, Salzburg oder Innsbruck in einem kleinen, gemütlichen, sehr familiär geführten 2-Sterne Hotel in Zentrumsnähe. Natürlich ausschließlich Raucherzimmer! Am ersten Abend gibt es einen kleinen Willkommensdrink inklusive einer südfranzösischen Zigarre. Der zweite Abend steht zur freien Verfügung und in der letzten Nacht geht es nach einem romantischen Dinner für 2 in einem Raucherlokal in eine Cocktailbar. Als Gastgeschenk erhält jeder Tourist eine Zigarettenpackung seiner Wahl. Allerdings darf es nur eine der rund fünfunddreißig österreichischen Zigarettenmarken sein. Angeflogen werden die Städte aus insgesamt siebenundvierzig europäischen Städten. Dublin, Hamburg und Mailand bieten täglich sogar vier Direktflüge Hin- und Retour an. Gesamtpreis: €289,- pro Person. Kinder bis 14 zahlen nur €79,-. Kinder ab 14 nur €99,-. Vorausgesetzt sie sind schon Raucher. Wenn nicht zahlen sie eine Strafpauschale von €50,- pro Flug! Richtige Erziehung zahlt sich eben aus.

Acht Personen sitzen an einem großen, weißlackierten Metalltisch. Ein hübscherer Holztisch, ist im Krankenhaus nicht erlaubt. Schlagwort Brandschutz! Dieser Tisch steht in einem kleinen, jedoch hellen Raum. An den hellblau gestrichenen Wänden befinden sich Kunstdrucke von Franz Marc. 90x60cm Kunstdruck des „blauen Pferdes", und fast dieselbe Größe der „spielenden Formen". Eine kleine rote Zweiercouch mit Kunstlederbespannung steht in einem Eck, gleich daneben eine große Topfpflanze. Eine Birkenfeige mit einer Höhe von über einem Meter begrüßt jeden Besucher des Raumes. Birkenfeigen, oder besser bekannt als Ficus benjamina, sind ja in vielen öffentlichen Betrieben zu finden. Versicherungsgesellschaften, Banken, Gemeindeämter und natürlich auch Krankenhäuser packen das grüne Zeug einfach überall hin. Gegenüber der Couch ist nur noch ein kleiner Fernseher zu finden. Auch ein Kühlschrank und eine Kaffemaschine fehlen natürlich nicht. Aber nun ist Schluss. Für mehr ist kein Platz mehr. Sieht man einmal von einer hässlichen Kommode ab, in denen Geschirr und Besteck verstaut werden.

Nachtdienst hatten Tom und Angelika. Tom heißt eigentlich Konrad, da er jedoch in einer Ska-Band spielt, dachte er ein Künstlername wäre angebracht. Leider war die Fantasie des 20jährigen, was die Auswahl des Namens betrifft, ebenso begrenzt, wie seine musikalischen Fähigkeiten. Konrad ist Tenorsaxophonist. Zweifelsohne wäre der Name Konrad, also sei bürgerlicher Taufname, bei weitem cooler und spannender als der schnöde Name Tom. Bei Tom denkt man doch eher an einen kleinen, jungen, amerikanischen Honk, oder? Oder an einen doofen Kater, der täglich mehrmals von einer schlauen braunen Maus verarscht wird. Aber der Name Konrad zeigt von Stil. Konrad Adenauer, Heinz Conrads, Konrad Duden, Otto Konrad, Konrad Kittner (Gründungsmitglied der Band „Abstürzende Brieftauben" – leider viel zu früh von uns gegangen)! All diese Namen sind doch Beispiel genug für die Funktionalität des Namens „Konrad". Auch das gute alte Saxophon war zu keiner Zeit Konrads Lieblingsinstrument, bloß die Band in der er spielen durfte, benötigte zur damaligen Zeit ausschließlich einen Tenorsaxophonisten. Davor quälte er jahrelang eine Klarinette. Sein Vater war Profi auf diesem Instrument und der überredete seinen Sohn immer und immer wieder Klarinette zu lernen. Irgendwann gab Tom, damals noch Konrad, nach. Mangels qualitativ hochwertiger Tenorsaxophonisten durfte Konrad vor etwas mehr als drei Jahren in der Band „Quincy" einsteigen. Die beiden Bandgründer verehrten die US-Serie mit Jack Klugmann in der Hauptrolle. Weshalb Quincy, sich immer noch mit Tom abgeben, ist jedem, der ihn einmal spielen hörte vollkommen unklar. Sein Tempo ist regelmäßig falsch, im Takt bleiben einfach nicht möglich und Pünktlichkeit, die Proben betreffend, ist ihm ebenfalls ein Fremdwort. Aber vielleicht liegt es ja daran, dass Quincy auch das Tonstudio von Konrads Vater mitbenutzen dürfen. Selbstverständlich nur Wochentags und selbst da nur zwischen acht Uhr früh und ein Uhr Nachmittags. Zu den anderen, weit attraktiveren Zeiten, wird das Studio von Vaters eigenem Klassikquintett genutzt. Um die Haushaltskassa etwas aufzubessern wird das Studio auch manchmal vermietet. Wirklich brauchbare Aufnahmen sind von Quincy bisher noch nicht so richtig entstanden. Nur ins Studio zu gehen, um in drei Stunden sechs bis sieben Stücke einzuspielen, reicht bei weitem nicht. Solange kein Produzent oder wenigstens ein guter Tonmann mitmischt, wird das nichts. Live sind die Jungs gar nicht mal so schlecht und wenn man von Toms Fehlern absieht, rockt das Ganze meist sogar. Also, wer echte Topqualität sucht geht zu Bands wie „The Busters" oder „Blechreiz", wer mal außerhalb des deutschsprachigen Raum suchen möchte, benötigt ein Ticket nach Mexico zu einem Gig von „Panteon Rococo". Wem es aber egal ist, ob die Töne richtig klingen und wer nur des Vollrausches wegen zu einer schrumpeligen, unbekannten, lauten und selbst regional zweitrangigen Ska-Band gehen möchte, benötigt die Truppe rund um Konrads Halbtalent. Derzeit sind zwei bis drei kleine Auftritte im Monat das Maximum. Konrad möchte von der Musik leben können, nur im Moment ist dies undenkbar. Pro Auftritt erhält er weniger als €30,-. Essen und Trinken ist nicht mal jedesmal für die Bandmitglieder gratis. Der bisher letzte Auftritt war vor genau drei Tagen. Ein, sogar für diese Gruppe, ungewöhnlicher Gig. Normalerweise treten die Musiker in kleinen Kellerlokalen auf. Aber diesmal erhielt einer der Trompeter eine Email von einem Herrn Dr. Ranzberger aus Klosterneuburg. Seine vierzehnjährige Tochter hätte demnächst Geburtstag und sie sah zufällig die Website der Band. Der Bursche an den Percussions, Rene, ist ja so süß! Also sollten Quincy bei dem Gartenfest, zu Ehren der Tochter des Hauses, spielen. Die Band würde für rund vier Stunden Musik eine Gage von vierhundert Euronen erhalten. Das ist für diese

Band schon so ähnlich wie ein Plattenvertrag bei EMI oder UNIVERSAL! Groupies waren an diesem Nachmittag mit Sicherheit nicht drinnen, aber was solls. Sonst ja auch nie!

Angelika war ebenso wie Konrad eine diplomierte Pflegeperson. Sie ist über vierzig. Keiner darf genauer erfahren wie lange sie bereits über vierzig ist. Überhaupt ist es besonders schwer intensiver über die Person hinter der Fassade zu berichten. Angelika schafft es, nur wenige Dinge aus ihrem sicher bewegten Leben weiterzuerzählen. Offiziell weiß keiner etwas. Hat sie eine Beziehung? Ist er älter oder jünger wie sie? Hat sie überhaupt regelmäßig Sex? Ist sie eventuell noch Jungfrau? Oh mein Gott, wer ist diese Person? Ok, was wissen wir? Sie wurde in Hollabrunn geboren. Jetzt lebt sie in Wien. Wohnt in einer Mietwohnung, die noch keiner der Kollegen jemals von innen gesehen hat. Viele vermuten, sie sei einmal verheiratet gewesen. Aber sicher ist das nicht. Das sie Kinder hat, wird nicht angenommen, aber bedeutet dies etwas? Könnte ja trotzdem sein. Wer weiß! Man müsste mal an ihren Personalakt heran kommen. Bezieht sie Kinderbeihilfe? Sie arbeitet über zwanzig Jahre hier an der Chirurgie. Sie, als momentane Dienstälteste, war schon mindestens die letzten zehn Jahre auf keinerlei beruflichen Feierlichkeiten. Sommerfest, Geburtstagsfeier, Weihnachtsfeier, Pensionierungen, etc. Nie war Angelika anwesend. Dies alles darf man jedoch niemals mit dem Begriff „Langweiler" gleichsetzten. Im Dienst ist es für Angelika eine Wohltat andere zu unterhalten. Selbst wenn der Humor dem eines „Heute" oder „Österreich" Lesers gleichkommt, der vor der Gratiszeitung noch rasch den Ö3-Wecker hören möchte, so ist dies an so manch anstrengenden Tagen besser als nichts.

«Hat jemand eine Zigarette für mich?»

Helga eröffnet seit genau drei Wochen jeden Dienst mit diesen Worten. Eigentlich ist die gebürtige Tirolerin ja seit eben dieser Zeit Nichtraucher. Die gesunde Gesellschaft hat ihr Ziel erreicht. Helga wurde gebrochen! Jedoch noch nicht vollkommen. Es besteht noch Hoffnung, ihr von Gott und den Genen vorbestimmtes Alter nicht so einfach zu erreichen. Blutiger Auswurf könnte dieser hübschen Person noch bevorstehen. Möchte niemand sehen. Kranke werden weggesperrt! Zur Not im Krankenhaus. Im Dienst klappt das mit dem Nichtrauchersein noch nicht so richtig. Eigene Zigaretten möchte sie jedenfalls nicht mehr kaufen müssen, das zahle sich ja laut ihr kaum noch aus. Raphael greift zu einem der beiden am Tisch stehenden Aschenbecher und hebt diesen hoch. Er deutet ihn zu Helga.

«Nimm dir eine!»

Raphael ist bekannt für seine, öfter einmal sarkastischen und seltsamen Bemerkungen. Nicht jeder hier auf der Station kann seinen Humor verstehen. Einige, wenige Kollegen lieben ihn für diese Art von Comedy, die Anderen wünschen ihm die Pest an den Hals. Ich bin irgendwo dazwischen!

Leah und Irene, zwei philippinische Krankenschwestern, wie sie unterschiedlicher nicht sein könnten und dennoch gleich wie Zwillingsschwestern, sitzen ebenfalls am Tisch. Da die Beiden ja perfekt erzogen erscheinen wollen, wird statt Kaffe nur Tee und Leitungswasser getrunken und klarerweise nicht geraucht. Alleine der Glaube würde dies verbieten. Leah ist eine blutjunge, deswegen jedoch nicht weniger unsympathische Kollegin. Geboren hier in Österreich, hier in Wien, umgibt sie sich fast ausschließlich nur mit philippinischen Freunden und Bekannten. Alleine ihre Familie besteht hier in Wien aus 32 Personen. Man stelle sich das mal vor! Mama, Papa, Bruder, Bruder, Bruder, Bruder, Schwester, Schwester, Schwester, Schwester, Onkel, Onkel, Onkel, Onkel, Tante, Tante, Tante, Tante, Cousine, Cousine, Cousine, Cousine, Großcousine, Großcousine, Großcousine, Großcousine, usw.. Meine Familie besteht derzeit aus vielleicht acht oder neun Personen. Mehr nicht. Und ich hatte noch nie das Gefühl etwas versäumt zu haben. Aber 32! In Worten: Zweiunddreißig! Leah spricht perfekt deutsch, viel besser als die meisten Österreicher. Sie hat nicht nur eine wohlklingende Aussprache und eine besonders feine und intelligente Wortwahl, nein, sie kann sogar die einzelnen Satzteile richtig benennen. Irrealis, Syntax, Ergänzungsfrage, Prädikat und so weiter. Alles bekannte Ausdrücke für sie. Wenn ein reinrassiger Österreicher schon längst aufgibt über die deutsche, geschweige denn die lateinische Bezeichnung von Satzteilen nachzudenken, beginnt für Leah erst der Spaß. Sie gibt jedoch nicht an damit. Zumindest nicht absichtlich. Trotzdem schafft sie es wirklich ausgezeichnet, die sie umgebenden Personen in Verlegenheit zu bringen. Manchmal muss dafür nur einer der Personen Probleme beim Kreuzworträtsel Lösen haben. Es ist kein Geheimnis, Leah ist seit eigentlich immer Single. Ich habe sie vor einem Jahr und einem Monat kennengelernt. Damals begann sie hier auf der Station als Krankenschwester. Frisch von der Schule gekommen wurde sie hier in den Arbeitsalltag hineingeworfen. So etwas wie eine gute Einschulung erlebte sie nie. Zuwenig Personal, Stress, und zu wenig Eigenengagement waren schuld daran. Zu keinem Zeitpunkt war sie mir sympathisch. Ich sehe einen Menschen und kurz danach habe ich eine fixe Meinung gebildet. Nur in den seltensten Fällen wird mein für richtig gehaltener Befund korrigiert. Einmal bei mir verschissen, immer verschissen; einmal ein Freund, immer ein Freund. Abgesehen von meinen bisherigen Beziehungen und auch vereinzelt bei ehemaligen Freunden, hat sich diese Methode bewährt. Leah ist dumm. Soviel war und ist für mich klar. Nicht schulisch dumm, jedoch zu dumm um ein junges Leben zu führen. Viel zu sehr mischen sich die Eltern von ihr, erfolgreich in ihr Leben und Denken ein. Viel zu sehr hat auch ihre Kirche mitzubestimmen. Leah ist gläubig, dies finde ich tatsächlich spannend. Auch wenn ich nicht nachvollziehen kann, weshalb jemand sich an die Gemeinschaft „Kirche" klammert, so faszinierend finde ich doch die Tatsache. Vor allem bei jungen und gesunden Menschen. Für mich wäre der christliche Glaube maximal denkbar wenn ich schwer krank und kurz vor dem Sterben wäre, oder wenn mir ein bösartiger Tumor so schlimme Schmerzen bereitet, dass ich die ganze Nacht um Hilfe bete, da die verdammte Krankenschwester schon wieder nicht mit dem

Morphium kommt. Glaube, als letzter Strohhalm. Das gefällt mir, guter Einfall! Führe ich ein glückliches und sorgenfreies Leben benötige ich die Figur des Jesus und die Figur der Maria nicht. Einen alten rauschebärtigen Mann bete ich doch nur an, wenn ich echt im Arsch bin. Leah sitzt sogar oftmals in der Früh nach der Dienstübergabe mit der Bibel unter dem Tisch versteckt da und liest leise, jedoch die Lippen dabei bewegend und lispelnd. Stört mich nicht, finde ich nur lächerlich. Sie betont manchmal, sie fühle sich so unglaublich gestärkt und glücklich wenn sie in der Früh die Bibel liest. Zeigt für mich nur wie schrecklich unsicher sie ist. Eine starke, selbstbewusste Person, würde sich nie so abhängig von zweitausend Jahre alten Zeilen machen lassen; denke ich zumindest. Ein richtiger Kerl macht sich nur von Nikotin und Frauen abhängig! Diese Worte stammen von einem ehemaligen Kollegen. Vielen Dank dafür, ich hätte mir nie träumen lassen, diesen Schwachsinn wirklich einmal nutzen zu können.

Irene, über fünfzig, seit vielen Jahrzehnten im Job und deshalb schon in einer Art Schonpostenposition. Zumindest sie sieht dies so. Die Kollegen verständlicherweise nicht. Es ist schon bemerkenswert mit wie wenig Aufwand man hier an dieser Chirurgie überleben kann. Irene macht tagsüber eigentlich nichts mehr. Sie huscht durch die Patientenzimmer, macht sich kurz wichtig und lässt die Kollegen den Rest erledigen. Ich glaube den letzten Patienten hat sie 1985 gewaschen. Seither findet sie diverse billige Ausreden, dies nicht mehr tun zu müssen. Bluthochdruck oder Rückenschmerzen sind die beliebtesten Gründe. Was soll der Scheiß? Wenn jemand nicht mehr in der Lage ist, seinen Job gut und gewissenhaft zu erledigen, muss er gehen. So sollte es sein. In der Privatwirtschaft überlebt niemand ohne gut zu arbeiten. Ganz im Gegenteil, es werden sogar Mitarbeiter entlassen, die sich den Arsch in der Privatwirtschaft aufreißen. Die Familie sieht den Familienvater zwar fast gar nicht mehr, nur das Geld wird nach Hause gebracht und trotzdem, aus Dankbarkeit wird der fünfundvierzigjährige von der großen Computersoftwarefirma hinausgeworfen. Er wurde einfach zu teuer! Verhandlungsmöglichkeiten gibt es keine. Und hier im Wiener Gemeindespital sitzt eine ältere Krankenschwester die meint, die „Jungen" sollten sich noch mehr ins Zeug legen und die „Älteren" dürften sich nur noch zurücklehnen und den Tag genießen. Solche Idiotenschwestern sind der Grund für das Image der Pflege in der breiten Öffentlichkeit. Vor über dreißig Jahren kam diese Frau nach Österreich, lernte deutsch und begann zu arbeiten. Leider stoppte der Wissensdrang bald und die Region im Gehirn die dafür verantwortlich ist, neues zu Erfahren und sich weiter zu entwickeln, verkümmerte, verfaulte, starb, krepierte, und zerbröselte. Weshalb, weiß keiner mehr. Heute tritt diese Person nur noch als faule, inkompetente und vor allem intolerante Krankenschwester hier an dieser Station auf. Andere Meinungen zählen nicht mehr für sie, den ganzen Tag nörgelt sie herum, jedem Patienten wird ihre eigene Krankengeschichte berichtet. Was sollen sich die Leute denken? Ich möchte als Patient nicht den Eindruck gewinnen, die für mich zuständige Pflegeperson bedürfe mehr Unterstützung und medikamentöser Therapie als ich. Bisher weiß ich aber auch noch nicht, wohin die ganzen über sechzigjährigen Krankenpflegepersonen gesteckt werden. Ich kenne keinen in dem Alter der noch am Krankenbett arbeiten kann. Es gibt sie sicher irgendwo, aber wo? Auch wir Krankenpfleger dürfen ja erst mit sechzig oder fünfundsechzig in Pension gehen. Mal sehen, wenn ich alt genug bin, werde ich es schon noch sehen. Vielleicht kommt ja irgendwann einmal ein großer Autobus, der das ganze überfällige Krankenhauspersonal abholt und fortschafft. Alle werden auf eine geriatrische Station gekarrt und offiziell aufgenommen. Die eine Hälfte der Leute bezieht die Betten für genau eine Woche. Von Montag bis Sonntag hätten sie hier ihr eigenes Reich. Die andere Hälfte bezieht in einem anderen Trakt des Gebäudes kleinste Dienstwohnungen. Ebenfalls nur für eine Woche. Nun beginnt der Arbeitsalltag für die zweite Hälfte. Und kommenden Montag wird gewechselt. Bis alle von uns ins helle Licht gegangen sind. Dann kommen die nächsten mit dem Bus. Krüppel-Nurse-Next Generation!

Arschloch-Gen

Hier in diesem Aufenthaltsraum befinden sich noch zwei Personen, die Stationsschwester und deren Stellvertretung. Paula und Marianne! Die Stationshexen dieser Chirurgie. Jeder Chef ist doch auch in einer gewissen Hinsicht Feindbild, oder? Überall, egal ob in Fleischereien, Tischlereien, Bahnbetrieben, Polizeikommissariaten, Krankenhäusern, Bordellen oder Trafiken, sind Leitungen beschäftigt, die die Mitarbeiter hauptberuflich quälen dürfen. Erst wenn man den Titel „Chef" erhält, verändert sich die Charakteristik des eigenen Denkens und Handelns. Das Arschloch-Gen wird in einer geheimen Prozedur implantiert. In einem großen Festsaal wird der Akt vollzogen. Eine großgewachsene Person scheint der Unantastbare zu sein. Seine Worte sind Gesetz! In Priester und Mönchskutten stehen zwölf weitere Menschen in einem Kreis beisammen. Kerzenleuchter und Totenschädel dürfen natürlich für das richtige Flair nicht fehlen. Schon können die neuen Bosse ernannt werden. Geheime Formeln werden benutzt um das Arschloch-Gen zu aktivieren. Es befindet sich in einer kleinen Kassette, die einer der mönchsähnlichen Kreaturen zu verwalten scheint. Das Gen macht sich lautstark bemerkbar. Die Kassette scheppert und wackelt. Nach einem rituellen Spruch wird die Kassette vom Hohepriester geöffnet. Ein kleiner, hell leuchtender Strahl zischt wie ein Blitz aus seiner Gefangenschaft und fährt dem angehenden Boss mit einem Höllentempo in den Arsch. Zum ersten Mal ist dem Neuling jemand in den Arsch gekrochen. Das Arschloch-Gen kann seine Arbeit beginnen!

Paula, die hiesige Arschlochgenträgerin, ist Mitte vierzig. Sie ist erst seit etwas mehr als einem Jahr hier an der Station tätig. Noch hat sie den Drang die Welt verändern zu müssen. Marianne ist ebenfalls neu in diesem Job. Eine Stationsvertretung besitzt noch kein Arschlochgen. Daher fühlt sie sich nicht zugehörig. Sie ist kein Basismitarbeiter mehr und noch kein Chef. Die „normalen" Pflegepersonen erzählen ihr nichts.

Keine geheimen Dinge dürfen an die Leitungen herangetragen werden. Und Paula bestimmt was hier geschehen soll, Mariannes Mitspracherecht hier an der Chirurgie ist der Zahl NULL völlig gleichzusetzten.

Es ist nun eine Minute vor halb sieben. Endlich erreiche ich meinen Arbeitsplatz. Wie schaffe ich es nur den Raum zu betreten, ohne sofort aufzufallen. Mein Auge leuchtet sicher wie ein Regenbogen. Es pocht fürchterlich. Die Wirkung der Tablettenmixtur von daheim lässt langsam wieder nach. Nach der Dienstübergabe benötige ich wieder eine Auffrischung. Mich interessieren keine Tagesmaximaldosen. Ich werfe ein was ich zwischen die Finger kriege. Um halbwegs ignoriert zu werden grüße ich beim Betreten des Raumes absichtlich leise. Wunschdenken! Leah hat mich natürlich als erste erspäht. Es kann keinen Gott geben. Warum um alles in der Welt sieht mich ausgerechnet sie als Erste? Sie begrüßt mich mit der für Leah typischen Zurückhaltung.

«Guten morgen Horst! Was ist denn mit dir geschehen? Das Auge sieht ja gar nicht schön aus! Tut es sehr weh? Komm, setz dich. Du musst dich heute sicher etwas schonen,…»

Wann hält diese Fotze denn endlich ihr dummes Maul? Ich stehe nun mitten im Raum und alle Anwesenden starren mich fragend, neugierig und vor allem abwertend an. Aus dieser Sache komme ich nun nicht mehr heraus. Was soll ich machen? Entweder ich berichte nun reumütig über Wiens Nachtleben und meine Obsessionen, oder es kommt die Kastentür-story. Vielleicht bekomme ich noch wenige Momente um mich zu entscheiden, während ich mich rasch zur Kaffeemaschine vorarbeite. Der Weg ist frei und ich greife nach einer sauberen Tasse. Ich stelle die Tasse unter die Düse und drücke die Espresso-Taste. Normalerweise trinke ich ausschließlich einen mittelstarken Kaffee, doch in Ausnahmesituationen wie dieser benötige ich den vollen Koffeinschub. Wach und konzentriert hat mich die Wirkung des Koffeins noch nie gemacht, doch der Geschmack und die Film- und Werbeindustrie vermögen meinem Körper eben diese Wirkungsweise zu suggerieren. Und seit George Clooncy weiß der kluge Mann auch, dass kaffetrinkenden Männer sexy wirken. Vielleicht erhöht dieser Umstand ja meine Chancen bei dem Pack. Heute Morgen und hier auf der Krankenstation lege ich jedoch keinen Wert auf meine mir selbst eingeredete sexuelle Ausstrahlung. Aus meinen Augenwinkeln erkenne ich Angelika. Sie nähert sich rasch. Leider zu rasch. Die modernen Espressomaschinen sind laut und langsam. Daheim würde mich dieser Umstand nicht stören, hier im Dienst allerdings erwarte ich Tempo bei der Zubereitung meines braunen Muntermachers. Angelika steht jetzt direkt neben mir. Sie ist die Erste die nach den lieblichen einführenden Worten Leahs den Mut fasst mich anzuquatschen.

«Wer hat dich denn geschlagen?»

Der Kaffee ist fertig. Während ich die Tasse mit dem heißen, duftenden Getränk an mich nehme, bringe ich ohne viel nachzudenken eine rührende Geschichte mit mir und einer Kastentür in der Hauptrolle. In der Nebenrolle taucht noch Meister Harndrang und Fräulein Finsternis auf. Ich bin gut in der Erzählung dieser blödsinnigen Story. Fast könnte ich es mir selber abkaufen. Das sollte funktionieren! Alle anderen Kollegen lauschen gespannt meinen Worten. Ich nehme Platz, beende meine Ausführungen, schnappe mir meinen Kugelschreiber, nehme eine Patientenliste zur Hand und sehe mich in der Runde um. Auch wenn nicht alle meiner Geschichte Glauben schenken, vor allem Paula blickt skeptisch, viel dagegen sagen bringt ja nichts. Keiner hat Beweise!

«Armer Horst! Du musst unbedingt dein Auge kühlen. Mir ist das auch schon einmal passiert. Damals bin ich gestolpert und...»

Leah bringt sich wieder ins Gespräch ein.

«…auf eine Umzugskiste gefallen, denn ich war gerade dabei von meinen Eltern auszuziehen. Ich bin dann gleich mal zum Arzt gefahren…»

Ich kann nicht mehr zuhören!

«…also meine Mama hat mich hingefahren. Es war so schmerzhaft, du würdest es mir nicht glauben…»

Im Gedanken gehe ich alle mir bekannten Mordstrategien durch. Ich überlege weiter, wie ich die Leiche loswerden könnte. Einmal einen Menschen sterben sehen dürfen. Keinen Patienten und aufgrund seiner Diagnose zum Tode geweihten Mitbürger. Nein! Immer wieder einmal überlege ich mir wie das Gefühl sein muss über das Leben oder den Tod eines Menschen entscheiden zu können. Ich bin nicht krank, pervers oder gemeingefährlich, nur interessiert am Thema Mord und Totschlag. Nur die wenigsten können bei dieser Thematik wirklich mitreden. Fast niemand versteht meine Gedankengänge. Zumindest geben es die Wenigsten zu. Über die Idee einen Mitmenschen zu ermorden, darf man in der heutigen mitteleuropäischen Mittagstischgesellschaft nun einmal nicht sprechen. Es könnte negativ verstanden werden. Man darf seiner Verlobten keinen Heiratsantrag machen und gleichzeitig seine Mordpläne dem zukünftigen Schwiegervater berichten. Ich habe dies zwar noch nie versucht, würde es aber keinesfalls empfehlen. Seit meiner Kindheit liebe ich Fernsehsendungen wie „Aktenzeichen XY ungelöst", „Ungeklärte Morde" oder auch „Medical Detektivs". Am liebsten sehe ich diese Sendungen an einem kalten Winterabend, in der Wohnung brennt kein Licht. Nur das Flimmern des Fernsehers ist von der Straße aus bei mir zu erkennen. Leah würde ich gerne lange quälen. Zuerst entführen, dann an einen Stuhl binden und knebeln und los geht es. Dank meiner Ausbildung zum Krankenpfleger bin ich ja in der Lage Wunden professionell zu versorgen. Im Gegensatz dazu kenne ich auch einige Medikamente die ihr unbeschreibliche Qualen bereiten würde. Und zum Abschluss würde ich sie mit einer Überdosis Kalium oder vielleicht auch mit einem atemdepressiven Narkotika ersticken lassen. Dann noch die Leiche wegschaffen und so tun als wäre nichts geschehen. Und hier beginnen die wahren Probleme. Wie um alles in der Welt schafft man eine Leiche weg? Und wie lebt man weiter als wäre nie etwas Derartiges vorgefallen? Ich kenne die Antworten leider nicht. Deshalb bin ich also Krankenpfleger geworden und kein Profikiller. Wohingegen der Profikiller einem gewöhnlichen Mörder weit voraus ist. Er hat keinen Bezug zum Opfer, das Mitleid spielt keine so große Rolle und auch die Polizei kann keine Verbindung herstellen. Aber ich möchte jetzt nicht weiterspinnen! Hier und heute werde ich Leah mit ziemlicher Sicherheit nicht zerstückeln. Ich mag sie nicht. Ich konnte sie noch nie leiden! Sie ist dumm wie Stroh. Keiner kann nachvollziehen weshalb sie hier angestellt wurde. Die Entscheidung kann eigentlich nur im Drogenrausch gefallen sein. Wir hatten jedenfalls noch nie eine sehr innige Beziehung. Vielleicht sollte man die Art unser Beziehung anstelle von „nicht sehr innig" besser mit den Worten „sehr schlecht und durchaus miserabel" beschreiben. Wenn „nicht sehr innig" eine kleine Mülltüte darstellen würde, wäre unsere Beziehung wohl am Besten mit dem derzeitigen Müllberg Neapels zu vergleichen. Jetzt aber einmal alle ignorieren. Bevor die Dienstübergabe letztlich starten kann, sehe ich mich noch einmal hier um. Ich bin entsetzt! Nur einer, des heutigen Tagdienstes, ist ein halbwegs erträglicher Kerl. Alle anderen heute sind inkompetente Idioten. Hoffentlich muss ich nicht mit eben diesen heute arbeiten. Die Dienstübergabe beginnt.

Der Grundsteiner

Während der nächsten halben Stunde gilt striktes Rauchverbot. In dieser Zeit ist die Dienstübergabe. Der Nachtdienst bespricht jeden einzelnen Patienten mit dem Tagdienst. Besser gesagt, der Nachtdienst, erzählt dem Tagdienst, was bei den Patienten so alles am Programm steht und wie es jedem der Insassen denn überhaupt so geht. Morgens werden Patientenlisten ausgedruckt, hier stehen die Zimmernummern, die Patientennamen und die Diagnosen. Jeder vom Tagdienst erhält eine Liste, hier werden die interessanten Dinge notiert. Alle sitzen gemeinsam beim Tisch und der Nachtdienst, im heutigen Fall ist dies der Konrad-Tom, beginnt damit die erste Mappe in die Hand zu nehmen, diese aufzuschlagen und hineinzublicken. Jetzt legt Konrad-Tom los:

«Zimmer 1. Frau Stillhofer. Fünfter postoperativer Tag. Mobil und selbständig.»

An dieser Stelle hätte diese Patientin eigentlich abgeschlossen werden können. Leider hört sich Konrad-Tom zu gerne quatschen. Also fährt er fort:

«Heute müsst ihr dreimal täglich Blutdruck messen, gestern war sie systolisch über 160! Sie benötigt noch leichte Unterstützung bei der Körperpflege. Sie kann noch nicht selber den Rücken waschen. Sonst dürfte sie sich wohl fühlen.»

Ich denke mir meinen Teil. Weswegen erzählt er hier etwas von dreimal täglich Blutdruck messen? Dies interessiert hier keinen. In der Früh bekommt ja ohnehin jeder Patient den Blutdruck gemessen und wie oft ich insgesamt messen soll, werde ich dann schon noch sehen. Und von wegen Hilfe beim Rücken Waschen. Gestern war ich bei ihr, sie benötigt überhaupt keine Hilfe mehr. Das habe ich diesem Deppen ja abends auch so übergeben. Hauptsache er kann reden, ob es stimmt, ist ihm egal. Keiner, ich inklusive, spricht ihn auf diese Situation an, denn jeder möchte die Übergabe rasch beendet wissen. Vor allem alle Raucher hier wollen bald wieder entspannt bei einer Zigarette sitzen, bevor die wirkliche Arbeit losgeht. Und ich kam ja zu spät für eine Nikotinbehandlung vor Dienstbeginn. Interessant, egal wie lange ich in der Vornacht unterwegs war und wie viele Packungen Zigaretten ich in dieser Zeit verblasen habe, in der Früh kann ich jederzeit wieder rauchen. Die Lunge schmerzt zwar hin und wieder und ich bekomme öfters das Gefühl nicht ausreichend durchatmen zu können, aber während des Rauchvorgangs geht es mir meist hervorragend. Unbelehrbar war ich schon immer. Für mich beginnt hier und jetzt eine neue Zigarettenbilanz. Alles vor dem Aufwachen zählt nicht mehr, das war quasi gestern. Mir ist bewusst, wann ich heimkam und schlafen ging, ebenso weiß ich, wann ich aufgestanden bin, dennoch. Alles vor dem Läuten des Weckers war gestern. So will ich es, also ist es so. Ganz einfach. Ist ja mein Leben! Somit steht die Zigarettenuhr jetzt um fünf Minuten nach halb sieben auf exakt NULL UHR! Und Null um diese Zeit ist für meine Psyche eindeutig zu wenig. Mein Körper verlangt nach dem Nervengift. Der Kaffee alleine reicht nicht aus um mich zu beruhigen. Ich bin müde, mein Herz klopft stark, da es von mir und meiner Lebensweise laufend geprüft wird und mir fallen die Augen immer wieder zu. Im Idealfall wäre die Zigarettenuhr jetzt schon bei zwei oder drei.

«Zimmer Zwei. Erste Position. Herr Bader. Siebenundfünfzigster post-OP Tag. Hat immer noch den Insulinbypass laufen. Zuckerwerte liegen damit im Normalbereich. Benötigt noch fünf Liter Sauerstoff. Rechts starke Parese. Vor allem das Bein sieht nicht besonders gut aus.»

Dieser Herr Bader liegt schon seit einer halben Ewigkeit hier. Jeder Mitarbeiter, von der Putzfrau bis hin zum Oberarzt, kennt ihn. Sogar seine komplette Großfamilie ist hier kein unbeschriebenes Blatt mehr. An guten Tagen stehen mehr als vierzehn Besucher für ihn vor der Türe. Unsere türkischstämmigen Patienten werden dann immer ganz blass vor Neid.

Nicht einmal wenn man alle anwesenden Kebabs mitzählen würde, kämen die Meisten auf soviel Besucher. Eine bis ins letzte Detail genaue Übergabe ist also nicht notwendig. Vor allem ist dieser Herr schon seit mehr als einer Woche komplett unverändert. Also, los! Mach schneller! Konrad-Tom bemerkt mein Desinteresse. Er sieht auch, wie ich langsam unruhig auf meinem Sessel hin und her rutsche. Meine Blicke wandern langsam aus dem Fenster und betrachten die Freiheit. Nicht nur Nikotinabhängige wollen eine rasche Dienstübergabe. Man stelle sich einen Raum voller Menschen vor, ganz vorne mit dem Blick zum Publikum sitzt ein Erzähler. Dieser bekommt nun den Auftrag den Zuhörern eine kurze Inhaltsangabe eines Buches zu erzählen. Nehmen wir als Beispiel das Buch „Wachen, Wachen" von Terry Pratchett. Wenn der Erzähler kurz von einer Bruderschaft berichtet, die einen Drachen herbeirufen, und eben dieser Drache helfen soll einen neuen König zu finden, es dem Drachen jedoch besser gefällt selbst König zu spielen und es nur wenige Wachen sich getrauen den Kampf, mehr oder weniger geschickt, mit dem Drachen aufzunehmen, so würde dies völlig genügen. Erzählt dieser Mensch jedoch, das es in dieser Welt einen Bruder Pförtner, Figuren namens Mumm und Nobby gibt, und eine Hauptfigur ein zwei Meter großer Zwerg namens Karotte ist, der auf einer Welt lebt die von einer Schildkröte und einigen Elefanten als Scheibe durch das Universum getragen wird, so wäre dies wohl zu viel des Guten und kein Mensch würde mehr zuhören. Bei langen Dienstübergaben ist es ebenso. Je mehr geschwafelt wird, desto mehr wird von den Anwesenden auch überhört. Die meisten hier am Tisch blicken mittlerweile aus dem Fenster, und sind mit ihren Gedanken ganz weit weg. So wie ich auch! Schlafen! Ich muss schlafen! Früher gehen wäre auch schon ausreichend. Mal sehen. Irgendwie werde ich es schon machen. Wenn ich mit Raphael auf die Kurze gehen kann, dann klappt das schon.

„Die Kurze" bedeutet, dass die Pflegepersonen die dort einge-teilt sind, für vier Patientenzimmer die Verantwortung tragen.

Zimmer Nummer Eins ist das einzige Einbettzimmer hier an der Station. Es sollte eigentlich für Patienten genutzt werden, die aufgrund der Erkrankung einer Isolation bedürfen. Meistens jedoch besetzten sogenannte „Sonderklassenpatienten" oder Selbstzahler diesen Raum. Offiziell gibt es ja einen großen Unterschied zwischen Sonderklassepatienten und Selbstzahler. Ein Selbstzahler kommt meist aus dem europäischen Ausland. Meist Osteuropa. Da in deren Heimatland manche OP Techniken nicht durchführbar sind, dürfen sie hier in Wien behandelt werden. Die Krankenversicherung des Heimatlandes übernimmt die Kosten für diese Behandlung. Natürlich nur die Kosten als Patient der Allgemeinklasse. Leider arbeiten hier an der Klinik zu viele korrupte Chirurgen, die den Patienten aus dem Ausland nur dann Hilfe zusagen, wenn sie sich als Sonderklassepatient aufnehmen lassen. Dies ist für den Patienten natürlich schweineteuer und manche wissen nicht einmal, dass sie selber etwas zahlen müssen. Nach einigen Wochen kommt dann eine Rechnung in der Höhe von über €14000,- an die Wohnadresse des Patienten. Erst zu diesem Zeitpunkt erfährt der geheilte Ostblockeuropäer, dass er Sonderklasse war. Gehabt hat er davon nichts. Als Sonderklassepatient hat er das Recht gratis fern zu sehen und täglich eine österreichische Tageszeitung gratis zu erhalten. Damit fängt ein Patient aus Rumänien, Bulgarien oder Russland mit Sicherheit nichts an. Er darf sich anstelle von drei Speisen, zwischen vier Speisen entscheiden. Leider kann der Patient aber auch die Speisekarte nicht verstehen und übersetzen kann es von den Mitarbeitern meist auch niemand. Als Sonderklassepatient hat er auch noch die freie Arztwahl. Nur, er kennt ohnehin niemanden hier. Und er wird ausschließlich vom Klinikchef operiert. Das Geld dafür möchte sich der Arzt naturgemäß nicht entgehen lassen. Wieder einige tausend Euro für den Herrn Professor. Der nächste Urlaub ist gesichert und die Anzahlung für den neuen BMW ist auch noch drinnen. Ein echter Sonderklassepatient zahlt Monat für Monat viel Geld an eine private Zusatzversicherung. Dieser Patient erwartet dafür natürlich neben der Speisenauswahl und der Tageszeitung noch weitere

Hotelleistungen. Ein Wiener Gemeindekrankenhaus ist natürlich keine Privatklinik, daher werden dem Patienten rasch die Grenzen aufgezeigt. Die Tatsache, dass der Klinikchef einen operiert, sollte ebenso gut durchdacht werden. Tagtäglich operieren die verschiedensten Spezialisten an den verrücktesten Fällen herum und retten meistens Leben. Zumindest versuchen sie es. Junge, aufstrebende Ärzte, bemühen sich, beste Arbeit zu leisten. Der Klinikchef jedoch steht nur hin und wieder im OP. Natürlich kennt er die OP Techniken, die nötige Übung fehlt aber oft. Wer möchte sich von einem alten, zittrigen, speichelnden und sehgeschwächten Professor aufschlitzen lassen. Vielen Dank! Dann lieber Allgemeinklasse! In Privatkliniken sieht auch die Pflege etwas anders aus. Akutaufnahmen stehen nicht unbedingt an der Tagesordnung, viel Zeit wird für Gespräche mit dem Patienten und deren Angehörigen aufgewendet. Im Akutbereich zu arbeiten bedeutet vor allem, Grenzen zu setzen und zu strukturieren. Zeit für Patientengespräche gibt es, jedoch ist es natürlich nicht möglich, stundenlang mit ein und demselben Typen zu reden. Viele VIP´s erwarten leider aber genau dies. Angehörige sind da um nichts besser. Ich mag keine Sonderklassenpatienten und viele der abgezockten ausländischen Selbstzahler tun mir leid. Mit dieser Situation kann ich seit einiger Zeit sehr gut zurechtkommen. Ich habe mir eine Strategie zurechtgelegt. Nachdem ich fachlich genügend Wissen angehäuft hatte und in der Lage war Situationen richtig einzuschätzen, konnte ich mich viel besser Abgrenzen. Heute kann mir so rasch keiner etwas. Ich arbeite das Nötigste und kann alles andere delegieren. Selbst bei den schwierigsten Patienten. Ich habe mir auch vorgenommen nichts mehr zu verschweigen. Einfach raus mit der Wahrheit! Jedem gegenüber. Darf ich einem Deppen nicht sagen, dass er ein Depp ist? Nein? Warum nicht? Nur weil er reicher ist als die anderen Patienten? Nicht mit mir. Wenn mich einer nervt hört er es auch von mir, egal wer es ist. Mehr als kündigen können die mich hier ja nicht, oder?

Im Zimmer Nummer Zwei liegen bis zu vier Patienten. Dies ist unser sogenannter Überwachungsraum. Die klinisch instabilsten, bzw. klinisch auffälligsten Patienten landen hier in diesem Kerkerzimmer. Hier will keiner liegen. Nirgendwo, in keinem anderen Zimmer, haben die Pflegepersonen und die Ärzte soviel Macht über den Patienten. Wer hier landet, gilt als kritischer Patient. Hier werden, gegen den Willen des Patienten, Medikamente verabreicht, Schutzfixierungen verordnet und Flüssigspeisen über diverse Sonden gespritzt. Ist ein Patient in der Lage zu schreien und um sich zu schlagen, kommt der Psychiater und verabreicht einen guten Cocktail. Der Psychiater kommt selbstverständlich auch zu Patienten in anderen Räumen, aber hier ist die Dosierung dem Zimmer angepasster. Es kommt noch der kleine Überwachungsraumzuschlag. Schläft der Patient nach der Medikamentengabe endlich, wird noch rasch ein Monitor angeschlossen und auf geht es zum Nachbarpatient. Viele unserer Patienten sind nur leider nicht mehr in der Lage zu sprechen. Sie liegen seit Wochen im Wachkoma und werden ebenfalls in diesem Raum betreut. Jede Position, also der Bereich rund ums Patientenbett inklusive der ganzen Monitore, wird von der danebenliegenden mit einem Vorhang voneinander getrennt. Zimmer Drei und Vier sind Zweibettzimmer. Auch hier können manche Sonderklassepatienten untergebracht werden.

«Zweite Position», Konrad-Tom fährt fort, «der Grundsteiner»

Sind Patienten bereits länger auf einer Krankenstation und sind sie dem Pflegepersonal auch schon unangenehm aufgefallen, erhalten sie einen gewissen HÖRBAREN Unterton wenn man über sie spricht. Noch eine Spur schlimmer ist es, wenn die Schwestern und Pfleger hier den Patienten auch noch das „Herr" oder „Frau" aberkennen. Wie bei einer Degradierung werden diese Worte einfach gestrichen und durch billig klingende Worte wie „Der" und „Die" ersetzt. In diesem Bett auf Zimmer Zwei liegt ein schwerkranker Mann, eben Herr Grundsteiner. Er hat ein Glioblastom, also einen bösartigen

Gehirntumor und wahrscheinlich nur noch wenige Wochen zu leben. Er ist 61 Jahre alt, verheiratet und hat vier gesunde Kinder. Zwei leben noch in Innsbruck, dort lebt auch Herr Grundsteiner. Eine Tochter lebt seit drei Jahren mit ihrem Ehemann in Chicago. Der Ehemann ist Amerikaner. All dies und vieles mehr noch, macht den Menschen der hier in seiner eigenen Scheiße liegt, weil er gerade während der laufenden Dienstübergabe wieder einmal in die Windel geschissen hatte und sich bewusst überhaupt nicht mehr bewegen kann, aus. Konrad hat es in dieser Nacht für Mühsam erachtet, Herrn Grundsteiner öfter als vielleicht sonst üblich die Windelhose zu wechseln. Er tat es zwar, aus Rache wird nun aus der Anrede „Herr" ein derbes „Der". Er denkt sicher, er habe es nun dem Grundsteiner so richtig gegeben. Idiot!

«Die ganze Nacht hat er in die Hosen gemacht. Hundertmal haben wir alles frisch gemacht. Einmal sogar inklusive dem Leintuch. Ich sag euch, der macht ja überhaupt nichts mehr mit. Aber schwer ist der Kerl immer noch!»

Der kackt nicht aus purer Boshaftigkeit in die Windeln, er scheißt aufgrund der Sondennahrung in einer Tour. Wäre Konrad ein guter Pfleger, wüsste er dies. Er hätte sich eigentlich bereits mit den Ärzten über Lösungsvorschläge unterhalten können, anstatt hier dumm zu reden. Dafür reicht sein Intellekt aber nicht mehr aus. Lieber nach unten treten. Ich überlege kurz meine Gedanken laut zu äußern. Den Typen mit seinem nicht vorhandenen Fachwissen genau jetzt bloßzustellen wäre ein Einfaches. Soll ich dem Team zeigen, dass man trotz massiven Restalkohols im Blut noch mitdenken kann? Dem verdammten Pack hier wäre es doch egal. Und wer weiß, vielleicht kennt sich meine Vorgesetzte auch nicht aus mit den Verdauungsproblemen von Wachkomapatienten. Ich möchte sie derzeit jedenfalls nicht reinen Gewissens bloßstellen. Das hebe ich mir lieber für ein anderes Mal auf. Jetzt möchte ich einfach nur meine erste Gauloises für diesen Arbeitstag. Soll diese Drecksübergabe doch endlich abgeschlossen sein.

Schleppend, doch zielstrebig geht es weiter. Konrad-Tom übergibt bis inklusive Zimmer vier. Danach übernimmt sofort Angelika. Sie ist ebenso routiniert wie Konrad-Tom, zeigt dies nur deutlicher. Man kann sagen was man will, doch Dienstübergaben kann diese Frau einfach machen. Es ist fast eine Freude ihr zuzuhören.

«Zimmer fünf», beginnt sie, «Herr Trocek, präoperativ. Nichts. Herr Schneider, Zweiter Tag, Mobil und selbständig, Herr Gast – nichts.»

Nun klappt es. Alles geht Schlag auf Schlag! Flott und geschmeidig wird nun in Richtung Kaffee Nummer Zwei und Nikotin hingearbeitet. Trotzdem die Kollegin von Zimmer Fünf bis Zimmer Zehn, alles Dreibettzimmer, übergeben muss, ist sie bei weitem schneller fertig als ihr Vorredner. Nach nur sechs Minuten und dreiundvierzig Sekunden ist sie beim letzten Patienten angelangt.

«Frau Rankel. Kommt zur OP als erster Punkt. Sie ist fertig vorbereitet. Anschließend kommt sie auf die Intensivstation.»

Fertig!

Ich greife nach meiner Packung Zigaretten und nehme mir die Erste heraus. Sofort stecke ich sie mir an. Einige Augenpaare beobachten mich dabei. Der Grund ist schnell herausgefunden. Es ist noch nicht punkt sieben Uhr. Offiziell ist noch Rauchverbot. Es wurde bei irgendeiner Teamsitzung beschlossen, in der Zeit der Dienstübergabe, also von halb sieben Uhr bis sieben Uhr früh darf nicht geraucht werden. Heute erleben wir jedoch einen nicht besprochenen Sonderfall. Was tun, wenn die Übergabe vor dem siebten Glockenschlag vorüber ist. Hierfür existiert keine Abmachung. Anarchie könnte sich ohne weiteres hier breitmachen. Zum Glück sind jedoch ausreichend Nichtraucher hier beschäftigt, die immer wieder Anlass zum Streit suchen. Fast in jedem Dienst gibt es diese verschissenen Diskussionen. Unglaublich! Die reinen Lungen geben es nicht auf. Sie können es nicht lassen uns Rauchern das Leben zu erschweren. Schreckliche gesunde, teetrinkende, salatfressende Nichtraucher. Meistens weiblich. Also beginnen wir hiermit den heutigen Fight!

«Ist es schon sieben Uhr?»

Irene meldet sich ungefragt zu Wort. Ich kann nicht einfach nichts sagen. Dieser Satz gehört kommentiert. In diesem Kommentar sollten eigentlich die Worte Fotze, Scheisskollege oder Drecksschwester nicht fehlen, der angeborene Hausverstand jedoch, verhindert die unüberlegte Ausschüttung dieser Kraftausdrücke. Kurz blicke ich sauer zu meiner netten Kontrahentin und ziehe dabei kräftig an meiner Zigarette. Provokation erster Klasse. Das muss sitzen!

«Aber die Übergabe ist doch fertig, oder nicht?»

Meine Frage wird mit einem abwertenden Blick verstärkt. Mal sehen wie es weitergehen wird. Ich bin auf alles vorbereitet. So etwas macht mich vielleicht munter. Leider ist jetzt auch die Arschlochgenbesitzerin der Meinung sich verbal einbringen zu müssen. Paula hat aufgrund ihrer hierarchischen Überlegenheit natürlich meistens recht. Egal, welchen Matsch sie aus ihrem Mund hervorquellen lässt. So einen Schund muss man ertragen lernen.

«Also die paar Minuten hättest du sicher noch abwarten können. Rücksichtslosigkeit hat hier nichts verloren. Vielleicht solltest du einmal darüber nachdenken, ansonsten werden wir uns Konsequenzen überlegen müssen!»

Ich bin sauer, Paula bestätigt.

«Ich möchte dich später ohnehin in meinem Büro sehen. Wir haben da etwas Dringendes zu besprechen!»

Was ist geschehen? Meine Chefin prognostiziert mir ein vier Augen Gespräch. Was kann ich denn bloß verbrochen haben?

Sie ist berühmt für ihre voreiligen Angriffe auf ihre Untergebenen. Berühmt, und Gehasst! Kleinigkeiten werden bis zum Erbrechen durch besprochen. Irgendwo in den Unterlagen fehlt eine mickrige Unterschrift, schon stehe ich stramm vor ihr und muss Reumütigkeit vorheucheln. Ich bin gut in so etwas. Nicht ausgezeichnet, aber gut genug für Paula. Sie glaubt mir mein gespieltes schlechtes Gewissen meistens. Üblicherweise kenne ich die Gründe für unsere Meetings bereits zeitgerecht und kann mir Ausreden einfallen lassen. Doch heute bin ich doch etwas überrascht. Gestern war ich doch auch hier im Dienst. Um sieben am Abend verließ ich die Klinik, Paula bereits um drei Uhr am Nachmittag. Wenn irgendetwas nicht ok war, weshalb sagte sie es mir nicht schon gestern? Zeit wäre genug gewesen! Im übermüdeten Zustand fehlt mir die Fantasie für solche Gesprächsvorbereitungen. Eine Ausrede zurechtlegen schaffe ich gerade nicht. Also hoffe ich auf meine Spontanität. Es wird schon gutgehen. Im Grunde bin ich bis jetzt der Sieger des Tages. Ich habe immer noch meine brennende Zigarette in der Hand und wurde nicht besiegt und untergebuttert. So mag ich das!

Mir ist egal wohin, sagt ihr

Meine zweite Tasse Kaffee duftet bereits in der grellgrünen Billigtasse. Paula kaufte vor wenigen Wochen günstige Kaffeetassen für die Arbeit ein. Nicht schön aber funktionell. Vor mir steht ein Aschenbecher in dem die erste Tagesration von mir ausgedrückt wurde. Die Uhr zeigt zehn Minuten nach sieben und langsam beginnt wirklich der Arbeitstag für alle. Nur der Nachtdienst darf sich auf das Bett freuen. Es gibt nichts besseres, als nach dem Nachtdienst in die U-Bahn oder den Bus zu steigen und zufrieden zu blicken. Die meisten Anderen sind auf dem Weg in die Arbeit und man sieht genau dies auch in den Gesichtern der Menschen. Der Nachtdienst denkt bereits an die Bettdecke und hat allen Grund zu lachen. Angelika und Konrad stehen auf, verabschieden sich und verlassen die Station in Richtung Garderobe.

«Tschüss! Schlaft gut und erholt euch von der Nacht. Ihr hattet es sicher nicht leicht. Hoffentlich habt ihr jetzt lange frei. Kommt gut heim...»

Leah ist unüberhörbar im Raum. Kurz blicke ich zu den Beiden und sage:

«Angelika! Konrad! Ciao, schlaft gut.»

Konrad ärgert sich jedesmal und mich befriedigt dies dann immer ungemein. Er erwartet mit seinem dummen Künstlernamen „Tom" angesprochen zu werden. Aber da hat er die Rechnung ohne den Wirt gemacht. Jeder in seinem Bekanntenkreis vermeidet seinen bürgerlichen Namen, sogar seine Eltern erfüllen ihm meistens den Wunsch, den für ihren Sohn gewählten Namen zu unterdrücken. Für die Eltern eine Qual! Was macht man nicht alles für den Nachwuchs. Ich kann, oder möchte ihn absichtlich nicht so nennen. Er soll es spüren. Meine Verachtung soll real werden. Ich bin ja um so viel besser als dieser Idiot.

Nun sitzen alle Personen des Tagdienstes beisammen. Viele sind in diverse Smalltalkschwachsinngespräche vertieft, andere benötigen noch etwas Zeit und Koffein um redselig zu werden. Prinzipiell befinde ich mich von Natur aus in der zweiten Kategorie. Nur selten rede ich viel bevor ich zu arbeiten beginne. Eventuell wenn hübsche Schülerinnen anwesend sind, die von mir angebaggert werden sollen. Dies ist heute jedoch nicht der Fall. Zum Glück, mit meinem blauen Auge hätte ich wohl nicht allzu viele Chancen gehabt. Als nächstes steht die Diensteinteilung am Programm. Der Haufen benötigt System. Der gemeine Arbeiter will in ein Raster gedrängt werden. Dies bedeutet, die Pflegepersonen teilen sich die Patientenzimmer untereinander auf. Jede Pflegeperson übernimmt die Verantwortung für bestimmte Patienten. Üblicherweise läuft dies wie folgt ab:

«Wer geht wohin?»

Raphael versucht langsam dienstlich zu werden. Nicht aufgrund des Interesses und Ehrgeizes, er will einfach wissen mit wem er zusammenarbeiten muss.

«Ich war gestern auf der kurzen Seite und geh dort wieder hin.»

Ich verteidige meine Position. Selten kommt es vor, dass jemand am zweiten Tag auf die andere Seite wechselt. Eigentlich gibt es dies nur wenn massiv psychisch auffällige Patienten aufgenommen sind und ein Mitarbeiter Gefahr läuft, diese am Folgetag zu erdrosseln.

«Wer geht noch auf die Kurze?»

«Gehen wir auf die Lange?»

«Ich war schon lange nicht mehr auf der Kurzen.»

«Ich war schon so oft in letzter Zeit auf der Kurzen.»

«Mir ist egal wohin, sagt ihr!»

Dieser Satz ist ein Klassiker! Hier zeigt sich wer versucht ohne Selbstbewusstsein durchs Leben zu kommen. Weshalb kann nicht jeder für sich eine Entscheidung treffen? Ich muss doch wissen was ich möchte, oder? Unglaubliches Volk!

Nach endlosen Minuten des Schweigens steht fest: Helga und Raphael kommen mit mir auf die Kurze Seite. Irene und Leah sind auf der Langen. Passt!

Die ärztliche Morgenvisite startet Wochentags immer um viertel Acht. Ein Tross von tausend Menschen wälzt sich von Zimmer zu Zimmer. Niemand kennt den Menschen neben einem. Würde es irgendjemandem auffallen, wenn bei der Visite ein Nichtmediziner dabei wäre? Wohl kaum. Ein Elektriker macht den Schuhmacher in Zimmer sieben auf eine Verschlechterung des Patienten XY aufmerksam. Der Mediziner steht daneben und ignoriert den Hinweis. Stunden später verstirbt der Patient. Der Elektriker hatte recht. Durchaus denkbares Szenario! Die heutige Visite wird vom stationsführenden Oberarzt Prof. Dr. Heinrich Hatler geleitet. Eine führende Person namens Hatler. Man stelle sich die Presse vor! Für seinen Namen kann er nichts, er sieht dem Hatler mit „i" nicht mal ähnlich. Schlechte Witze erzeugt sein Name jedoch allemal. Seit fast acht Jahren ist er hier der Boss. Er ist ein strenger aber fairer Oberarzt, der seine Kollegen immer wieder kontrolliert und zurechtweist. Ärzte brauchen Kontrolle. Pflegepersonen auch! Nur sie geben es nicht so gerne zu. Prof. Hatler betritt eine Krankenstation nicht einfach – er erscheint! Jeder in diesem Haus kennt diesen Arzt. Viele schätzen ihn, manche hassen ihn. Fair ist er tatsächlich, jedoch zeigt er auch jedem wer er ist und welchen Einfluss er hat. Oftmals durften seine Kollegen ihn schon im ORF bewundern. Standen ungewöhnlich komplizierte Operationen am Programm, er war dabei! Trennung von Siamesischen Zwillingen, riesige Cervikaltumore, Entfernungen von Eisenstangen die die Aorta durchtrennt hatte, kein Problem. Er ist der Chirurg der Stunde. Das Reden hat er von George W. Bush, das Aussehen von George Clooney und den Charakter von Dagobert Duck. Sein Wort ist Gesetz. Im Fernsehinterview mit Ingrid Thurnherr glänzt er mit Fachwissen und Selbstsicherheit, bei der Morgenvisite trumpft er auf mit Organisationstalent und dem Pflegepersonal gegenüber zeigt er seine Kenntnis bezüglich präpotentem Verhalten. Bei jedem Notfall liebe ich die Dienste mit ihm. Er entscheidet rasch und sicher. Keine Diskussionen. Im normalen Alltag kann er mir persönlich gestohlen bleiben. Prof. Hatler betritt jedes Patientenzimmer als Erstes und er verlässt dieses auch als Erstes. Alte Schule. So muss es sein, Änderungen sind nicht willkommen. Die Patientenakte wird ihm nachgetragen und seine Kollegen reichen ihm immer öfter nach dem Händewaschen das Handtuch. Wir von der Pflege würden dies nie tun, daher versucht er es erst gar nicht. Aber seine Untergebenen haben keine Chance. Wer fair behandelt werden möchte, krieche ihm in den Arsch. Hinter dem Oberarzt laufen zwei Chirurgen nach. Herr Doktor Hampl und Frau Doktor Sandy. Dr. Hampl ist ein dreiundfünfzigjähriger Chirurg der den Höhepunkt seiner Karriere bereits überschritten hat. Mehr erreicht er in seinem kurzen Leben nicht mehr. Jüngere hängen ihn auf der Karriereleiter locker ab. Es fehlt ihm an gekonnt eingesetzter Ellbogentechnik. Er ist kein Schwein, dass ist sein Problem. Ärzte, speziell Chirurgen, mit Herz und Hirn gibt es nur im Fernsehen. Im echten Leben zählt das mechanische Geschick und Misanthropie. So wird man ein erfolgreicher Arzt. Frau Doktor Sandy! Der Name ist Program. Sie ist einunddreißig Jahre jung, sexy, reizvoll gekleidet und insgesamt einfach nur wunderschön uns süß gleichzeitig. Jeder männliche oder lesbische Mitarbeiter des Hauses beginnt beim Anblick dieser Schönheit wie verrückt zu fantasieren. Die schärfsten Sexabenteuer gehen den Typen durch den Schädel. Manche stellen sich Clara, so heißt die geborene Schottin mit Vornamen, devot in ihren Händen liegend vor. Als Sexsklavin gäbe sie mit Sicherheit eine einmalige Figur ab. Andere erbeben bei dem Gedanken, während wilden und harten Bondagespielen mit der zarten blonden so richtig in Fahrt zu kommen. Natursekt, Kaviar und Peitsche! In einem sind sich jedoch alle einig: Sie will mich, sofort, hier und jetzt, ganz tief in ihr spüren!

Der Stationsarzt, ein Allgemeinmediziner, Doktor Streitbar, ist genauso wie die Stationsschwester und deren Vertretung, der hier beschäftigte Physiotherapeut Klaus und zirka ein dutzend Studenten bei der Visite mit dabei. Wer typisch amerikanische Zombiehorrorfilme kennt, kennt ärztliche Visiten. Schweigend wandern seelenlose Kreaturen von einem Opfer zum nächsten. Der Oberzombie führt den Leichenzug an. Nur er ist des Sprechens mächtig, die anderen folgen schweigend und unterwürfig. Stöhnende Schmatzgeräusche und blutverschmierte Kleidung fehlen zwar, mit ein wenig Fantasie findet man sich jedoch in dem Streifen „Dawn of the dead" wieder. Auch das Konsolenspiel „Silent Hill" kommt mir in dem Zusammenhang in den Sinn. Ich irre, als nach einem vertrauten Menschen suchende Person, durch ein verlassenes Krankenhaus. Die Wände sind mit Blut und Fäkalien beschmiert und die übelsten Kreaturen jagen mich von Zimmer zu Zimmer. Doktor Sandy selbstverständlich ausgenommen. Zum Glück ist es für die Pflegepersonen nicht verpflichtend bei der Visite mitzuschlendern. Es würde unsereins auch nicht interessieren. Ärzte schaffen es nicht einen normalen Umgangston zu pflegen. Visiten sind zumeist erniedrigende Situationen für alle Beteiligten, mit Ausnahme des leitenden Oberarztes. Die anderen Ärzte müssen dem Oberarzt alles über den jeweiligen Patienten berichten. Auswendig natürlich! Bei Fehlern oder Unwissenheit wird dieser Arzt zusammengeschissen. Vor den Patienten klarerweise. Patienten, die während der Visite Fragen stellen, werden überhört oder vom Oberarzt gemaßregelt. Und dies nur, weil nun der falsche Zeitpunkt für Fragen ist. Zumindest sieht dies die Ärzteschafft so. Woher dies der Patient vorher hätte wissen soll, ist jedem unbekannt. Stationsschwestern sollen sich darum kümmern, alle nötigen Anordnungen zu notieren, um diese an diesem Arbeitstag abzuarbeiten. Sie stehen niemals im Mittelpunkt der Visiten, sondern drängen sich vom Rande der Gruppe immer näher an das Sprachrohr der Ärzte heran, um überhaupt etwas zu verstehen. Es gibt hier an der Klinik auch Ärzte, die, trotzdem sie sprechen, für alle unverständlich leise bleiben. Selbst wenn man neben diesen Studierten stehen würde, könnte man die Worte und Inhalte der Sätze nur erahnen. Missverständnisse sind vorprogrammiert. Anwesende Studenten sind zu Befundbringmaschinen degradiert und laufen ständig zwischen Patientenzimmer, Untersuchungsraum und Büros hin und her und bekommen von den Visiten somit meist am wenigsten mit. Egal, mehr als Blutabnehmen, Infusionen anhängen und im OP die Klemmen und Spreizer halten, dürfen die ja ohnehin nicht.

Bis kurz vor halb acht Uhr haben die Pflegepersonen noch Zeit, sich auf die kommenden Aufgaben physisch und psychisch vorzubereiten. Morgendliche Smalltalkscheisse ist zwar besser als Arbeiten, jedoch ist es heute mieser als üblich. Trotz unterschiedlichster Thematiken, vorrangig Inhalte der Gratiszeitungen und Guten-Morgen-Radiosendungen, konzentrieren sich die Anwesenden viel zu sehr auf mich. Besser gesagt auf einen kleinen Teil von mir, mein blaues Auge. Eventuell hätte ich doch daheim bleiben sollen. Zu spät! Zum Glück wird diese für mich doch eher ungemütliche Runde, von einem nur allzu bekannten Geräusch gestört. Die Glocke läutet! Patientenrufanlagen dienen bettlägerigen Patienten dazu, wenn nötig, Hilfe zu holen. Es gibt unterschiedliche Tonfolgen. Je nach dem welcher Ton erklingt, weiß jede Pflegeperson wie dringend zum Patienten gelaufen werden soll. Notfallglocken klingen anders als „bitte die Rückenlehne weiter hinunter" oder „mein Glas ist leer, nachschenken" Geläute. Dies nun ist eine normale Glocke. Kein Grund zur Hektik. Ich warte mal ab, es kann ja auch ein Anderer gehen. Mich kriegt hier fürs erste keiner raus.

«Jetzt rauche ich aber sicher noch in Ruhe aus!»

Damit unterstreiche ich meine Ablehnung, jetzt bereits arbeiten zu wollen. Mit meiner Unterstützung kann im Moment noch keiner rechnen.

«Rauch nur fertig, ich gehe schon!»

Zum Glück ist Leah heute auch im Dienst. Sie ist unglaublich. Während sie diesen Satz gesagt hatte, fand sie Zeit genug, die Teetasse, nachdem noch ein großer Schluck des heißen Getränks heraus geschlürft wurde, hinzustellen, aufzuspringen, den Sessel auf dem sie gerade noch saß fast umzuwerfen, sich aus dem Eck in dem sie saß herauszudrängen, dabei zwei Kolleginnen den Kopf zu stoßen und mit den Armen zappelnd zur Türe zu laufen. Unweiblich, unerotisch, unangenehm, rücksichtslos, jedoch arbeitend! Sie geht nicht, nein, sie läuft während eines Arbeitstages auf rund achtzig Prozent aller Glocken. Alles ein Zeichen der Unsicherheit. Wäre sie selbstbewusst, würde sie auch einmal aussitzen. Aber egal, ich profitiere von diesen Komikern.

Es ist nun eine Minute nach halb acht Uhr morgens. Der Tag beginnt! Helga ist bereits vor wenigen Minuten aufgestanden und beginnt nun die Infusionstherapie vorzubereiten. Raphael und ich verlassen den Aufenthaltsraum. Die Morgenarbeit besteht aus Blutdruck, Temperatur und gegebenenfalls Blutzucker messen, Patienten beim Frühstück unterstützen, Morgenmedikamente werden ausgeteilt und die Patienten des Überwachungsraums müssen sofort versorgt werden. Sondenernährungen und Perfusoren gehören zusammengestellt und verabreicht und ähnliches. Ich biege gleich mal ins Überwachungszimmer ab, somit muss Raphael die Morgenmessungen machen. Normalerweise gehört dies zu den Schülerarbeiten. Jeder heutige Pfleger kennt das. Als Schüler wird man immer wieder zuerst zu den Patienten geschickt. Nicht die Aufgabe des Messens ist verhasst, jedoch möchte um diese Uhrzeit noch kein Mitarbeiter freiwillig mit den Patienten tratschen. Wer möchte wirklich um dreiviertel acht Uhr in der Früh von Schmerzen, Krankheiten, Lähmungen oder Durchfällen mit häufigem Erbrechen hören? Ich mit Sicherheit nicht! Auch ich Frage in der Früh, die Patienten, wie es ihnen denn heute morgen gehe. Die Antwort an sich, interessiert mich normalerweise jedoch nur sehr selten. Leider hat jemand bei der Dienstplangestaltung gepatzt. Es kommt heute kein Krankenpflegeschüler zur Hilfe. Also müssen wir alle selber ran. Aber Raphael ist ebenfalls Profi. Wenn er schon in den Zimmern die Tabletten austeilen soll und die Messungen machen muss, dann ohne lange Diskussionen. Er kennt die problematischen Patienten hier auf der Station. Somit sieht er nicht bei jedem Menschen hier die Notwendigkeit ernsthaft den Blutdruck zu messen. Von internistischer Seite betrachtet, gibt es hier auf der kurzen Seite tatsächlich keinerlei Probleme. Es darf hier zwar keiner merken, aber die Profis untereinander wissen wie man es macht. Blutdruck schätzen und die Temperatur rasch und ungenügend messen. Das Resultat dieser Aktion ist klar. Patienten und Ärzte sind zufrieden. „So einen schönen Druck hatte ich ja noch nie, der Arzt ist wirklich toll hier." Das hört man oft. Keiner dankt es den Schwestern und Pflegern! Viele Ärzte haben dank der Pflege einen tollen Ruf. Die unbekannten und faulen Helden der Arbeit. Ich erkenne Kollegen die so arbeiten. Klar, viele haben es ja auch an mir zuerst abgeschaut. Soll so sein, Hauptsache keiner verplappert sich. Die Chefin darf dies nie erfahren. Sie hätte keinerlei Verständnis. Arschloch-Gen!

«Raphael!»

«Was ist los?»

Ich schreie nochmal laut nach ihm.

«Raphael, komm in Zimmer Zwei, das musst du sehen!»

Der Dienst beginnt gerade erst und schon wird es unappetitlich. Nun stehe ich hier, angeekelt mitten im Zimmer und starre auf einen der Patienten. Die Zimmertür ist geschlossen, doch ich brülle so laut nach meinem Kollegen, dass der es selbst zwei Zimmer weiter weg noch laut und deutlich hören kann.

«Komme!»

Raphael betritt den Raum und sein Blick fällt sofort auf den Patienten im Bett Nummer Vier. Der Anblick ist erschreckend. Das darf doch nicht wahr sein. Soll er lachen oder weinen? Raphael sieht mich neben dem Bett stehend, mit dutzenden nassen Einmalwaschlappen in der Hand. Ich trage niemals Einmalschürzen. Seit vielen Jahren entkomme ich diesem Ding wenn möglich. Man schwitzt darin und sieht aus wie ein Fleischer! Doch in diesem Fall mache ich sehr gerne eine Ausnahme. Im Bett liegt, oder besser werkt, ein sechsundneunzigjähriger Patient, ein ehemaliger Richter. Sehr respekteinflößend wirkt er, nackt vor mir liegend, nicht mehr. Viel mehr als vierzig Kilo dürfte er nicht wiegen, seine Rippenbögen und Beckenknochen blitzen aus dem faltigen Körper hervor. Sein Nachthemd liegt dreckig irgendwo am Boden herum. Dieser Richter ist nur noch ein Schatten seiner selbst. Die Pölster und die Decke des Patienten findet man auf den ersten Blick überhaupt nicht mehr. Sie liegen ebenfalls am Boden, bloß weit weg geworfen. Zuerst denkt man, die Dinge gehören den nebenan liegenden Patienten. Ein nackter Patient in einem Bett ist ja noch nicht unbedingt erschreckend. Wenn man in ein Patientenbett blickt und nicht mehr viel vom weißen Leintuch oder den hellblauen Bezügen über ist, sondern die Farbe braun alles dominiert, benötigt man für die genaue Einschätzung der Situation nicht einmal mehr sensible Geruchsempfindungen. Ich versuche Raphael zusammenfassend alles zu berichten.

«Er hat nach einem Zäpfchen gefragt, also habe ich ihm eines gebracht. Ich durfte es ihm ja nicht einmal selbst in den Hintern schieben. Also gab ich es ihm in die Hand. Er steckte sich das Ding selbst mit seinem Zeigefinger bis ganz tief in den Darm. Er hörte nicht auf es sich tiefer und tiefer hineinzustecken. Sein ganzer Finger verschwand in seinem Arschloch! Er bohrte und bohrte! Aber egal, ich ließ ihn, deckte ihn zu und verschwand kurz. Nach wenigen Minuten ging ich wieder zu ihm ins Zimmer.»

Die Erklärung ging sofort weiter.

«Der Typ hat sich mit seinem Finger den gesamten Darm ausgeräumt und die Scheiße überall hingeschmiert. Selbst das Bett ist braun.»

Ich übertreibe es mit dieser Erklärung in keinster Weise. Wahrscheinlich ist sein Darm nun blitzblank. Man könnte seinen Darm auf einem Tisch ausbreiten und darauf eine Operation durchführen. Es würde wohl keine postoperative Infektion entstehen. Also, Darm wieder zunähen und zurück in den Richterkörper. Braunbraunbraunstinkstinkstink! Raphael sieht immer noch einen komplett mit Scheiße verschmierten alten Sack. Daumen und Zeigefinger der rechten Hand stecken immer noch, nach weiteren Stuhlsteine suchend, in des Richters Arsch. Er selbst liegt auf der linken Seite und brabbelt und stöhnt leise vor sich hin. Jetzt startet eine minutenlange Lachorgie. Raphael kann sich unter keinen Umständen mehr zurückhalten. Geistesgegenwärtig geht er rasch zur Zimmertür und schließt selbige. Zum Glück besitzt er ein Fotohandy. Dank der modernen Technik ist man ja heute bereits in der Lage rasch und unauffällig die schönsten und spannendsten Momente des täglichen Lebens für immer festzuhalten. Sofort wird das Handy gezückt und in Richtung Patientenhintern gehalten. Der Sucher wird sofort fündig und schon ist alles gespeichert.

«Das musst du mir schicken.»

So einen Beweis möchte ich natürlich besitzen. Wer weiß, wie oft so etwas noch geschehen wird. Diese Situationskomik macht die Lage hier in diesem verschissenen Zimmer wieder erträglicher. Selbst der Geruch wird kurz vergessen. Für diese Aktionen liebe ich diesen Raphael. Mein Handy in der linken Hosentasche vibriert, das Foto ist gerade angekommen. Das muss ich meinen Freunden zeigen! Beim nächsten Bier wird dies wohl das Thema

Ich verurteile sie Beide

Die nun folgende Tätigkeit gehört natürlich nicht zu den Highlights im Pflegeberuf. Es ist wohl eher ein notwendiges Übel. Die mit Exkrementen verschmierten Leute sollen für die Verwandten ja wieder wie liebevolle Menschen aussehen. Und dieser Richter hier will auch wieder duftend im sauberen Bett liegen. Auch wenn er dies zu diesem Zeitpunkt noch gar nicht weiß. Was ist das Problem von Richter Skotter? Eigentlich wurde er vor über einer Woche von einem jungen, übereifrigen Chirurgen aufgenommen. Natürlich war und ist der Befund eindeutig. Herr Skotter hat seit Jahren Schmerzen vom Rücken ausstrahlend bis ins linke Bein hinunter. Harn halten ist auch nicht mehr leicht möglich. Allerdings ist dies schon seit mehr als zehn Jahren nicht mehr möglich, wohl aus altersbedingten Gründen. Gehen kann der alte Herr schon seit 1977 nicht mehr. Damals verlor er sein rechtes Bein nach jahrelangem Zigarettenkonsum. Ein normaler Arbeitstag bedeutete für ihn in etwa achtzig Zigaretten, selbstverständlich filterlos. Er erhielt danach eine Beinprothese, ohne gefällt sich der Mann aber leider etwas besser. Herr Skotter genießt bis heute die Rolle des armen, alten und verstümmelten Mannes. Sowohl im Beruf, als auch bei seiner Gattin nahm er immer aufs Neue seltsame Sonderstellungen ein. In der Kantine wurde er jedesmal vorgelassen, er erhielt die komfortabelsten Parkplätze, seine Frau übernahm die Körperpflege und manchmal, wenn sie wieder einmal stritten, täuschte er gekonnt grausame Phantomschmerzen vor, um ihr Mitleid zu erlangen und diesen Streit als sicherer Gewinner zu verlassen. Was kann aus diesem Menschen denn noch werden? Selbst wenn die Operation ein voller Erfolg werden sollte, kommt der doch nie wieder aus dem Bett. Tausende von Euro werden von der Krankenkasse bezahlt, nur um Wochen später eine Anmeldung für einen Pflegeheimplatz zu erhalten. Weder Pflegepersonen, Ärzte, noch Physiotherapeuten haben eine reelle Chance den Sack länger als eine halbe Stunde täglich aus den Federn zu bekommen. Dann hockt er im Rollstuhl und nichts geht mehr!

Weshalb kann man ihm nicht einfach eine gute Schmerztherapie zukommen lassen und das war es? Würde doch reichen. Aber nein, der Chirurg wollte nochmal einen Menschen retten und Gutes tun. Jungärzte sollten nicht ohne Aufsicht Patienten stationär aufnehmen dürfen. Jeder Arbeiter und Angestellter wird als Anfänger kontrolliert. Nicht so bei vielen Ärzten. Klar gibt es auch Vorzeigestationen, ich arbeite jedoch leider auf einem Negativbeispiel. Zu wenige Ärzte bedeutet zu wenig Zeit für Einschulungen. Wenn man sich so richtig alleine gelassen fühlen möchte, sollte man Arzt werden. Super Job für Einsiedler! Wenig Kohle und wenig Sozialkontakte. Man stelle sich vor, so ein Jungarzt verdient weit weniger als ich. Nur mit diversen Zulagen wird so ein Arzteinkommen erträglich. Erst in vielen Jahren kann, mit einigem Glück, das Geldverdienen beginnen. Aber heute haben wir hier mit diesem Kerl zu kämpfen. Danke Rookie!

Herr Skotter ist nicht nur Dement, auch Schwerhörigkeit macht sich bemerkbar. Eine vernünftige Kommunikation ist unmöglich. Der Kerl lebt ja nicht einmal im hier und jetzt. Von 24 Stunden am Tag befindet er sich mehr als 20 Stunden in seiner eigenen vergangenen Welt. Die Vergangenheit ist alles für ihn. Er meint, noch aktiver Jurist zu sein und dies erschwert natürlich die Arbeit der Krankenpflege. Welcher gesunde Richter würde sich von einem Pfleger eine Windel anlegen lassen? Im Namen des Gesetztes: Nehmen sie ihre Dreckspfoten von meinem Arsch!

«Kommen sie, Herr Skotter! Lassen sie das Gitter los! NEIN! GREIFEN SIE MICH BLOSS NICHT MIT DIESEN ANGESCHMIERTEN HÄNDEN AN!»

Ich drehe gleich durch. Um diese Zeit sitze ich üblicherweise beim Frühstück und denke nicht einmal noch ans Waschen. Und jetzt suche ich Deckung um nicht mit Scheiße beschmiert zu werden. Fremde Scheiße! Akademikerfäkalien riechen nicht besser als andere. Definitiv nicht!

«Lassen sie mich los! Ich zeige sie an, HILFE! Holen sie die Polizei! Sie werden schon sehen. Verhaften werde ich sie lassen!»

Herr Skotter brüllt in die Richtung von Herrn Bader. Er liegt genau gegenüber vom Richter. Zum Glück schläft Herr Bader noch tief und fest. Unglaublich, nicht wach geworden, trotz des Lärmpegels hier im Zimmer. Sobald Herr Bader wach wird, äußert er permanent Wünsche. Im Schlaf sieht man ihm dies gar nicht an. Sieht richtig sympathisch aus. Man soll ein Buch nicht nach dem Cover beurteilen, wahre Worte! Für Herrn Bader sind Pflegepersonen nur hier beschäftigt um seine Wünsche zu erkennen und diese sofort und ohne Widersprüche zu erfüllen. Und Krankenschwestern möchte er rund um die Uhr ficken. Nichts Weiteres! Zu mehr sind die ja nicht gut! Die wollen es doch alle! Fettes Patientenarschloch! Leider gibt es solche primitiven Patienten fast täglich auf der Station. Hauptsächlich Männer reden immer wieder eine riesen Scheiße wenn sie aufgenommen werden. Sie denken, cool und lustig zu sein. Idiotenpack! Aber Frauen sind nicht komplett ausgenommen. Je älter, umso dümmer die Witze.

«Hey, hören sie uns doch zu!»

Raphael versucht sein Bestes,

«Wir müssen sie in den Rollstuhl setzen und gleich mit ihnen waschen fahren.»

«Loslassen!»

Herr Skotter bemüht sich lautstark den Pflegehandlungen zu widersetzen.

Er brüllt zwar „loslassen", angerührt hat ihn bisher jedoch keiner. Mittlerweile ist auch Helga auf die Idee gekommen, dem Lärm zu folgen und einen kurzen Blick in das Zimmer Nummer Zwei zu wagen. Sie steht breit grinsend im Raum.

Allerdings mit einem verständlichen Respektabstand, denn sie lehnt es ab, mit der braunen klebrigen Masse auch nur in irgendeiner Weise in Berührung zu kommen.

Ich sehe Raphael an und nicke ihm kurz zu. Während wir hier arbeiten soll sie sehen, dass die Arbeit draußen weiterläuft.

«Willst du inzwischen in Zimmer Vier beginnen? Wir beide gehen erst mal mit dem Opa duschen.»

Ich bin sicher, der Richter hört mich niemals. Helga stimmt zu und verschwindet laut lachend aus dem Zimmer. In der Regel beginnt die Pflegerunde immer erst nach dem Frühstück, in diesem Fall kann man aber einmal eine Ausnahme machen. Eine Planänderung ist zumutbar! Der Gestank hier wird unerträglich penetrant. Wir beide werden nun den Patienten vom Bett in einen Rollstuhl setzten, um mit ihm in das große Badezimmer zu fahren, in dem eine praktische Sitzdusche nur darauf wartet, aus dem Stinker wieder einen Vorzeigepatient zu machen. Soweit zur Theorie! In der Praxis beginnen die Probleme bereits bei der Annäherung an den Patienten. Sobald jemand zu Nahe ans Patientenbett tritt, läuft er Gefahr dem wilden Alten in die Hände zu geraten. Er fuchtelt im Bett herum und zeigt seine wildesten Drohgebärden. Vom Krankenhaus weiß er nichts, von Pflegepersonen ebenso nicht, ja er weiß ja nicht einmal in welchem verdammten Jahr er gerade lebt. Und nun treten zwei junge Männer mit weiß-blau gestreiften Hemden und weißen Hosen an sein Bett und versuchen immer wieder seine Arme zu fassen zu kriegen. Die Einmalschürzen dazu sehen aus, als wären wir auf der Suche nach der nächsten Schlachtsau! Ist der Richter das nächste Opfer? Er denkt es zumindest! Und wird dadurch nicht unbedingt kooperativer.

Ich trage bereits vier Paar Handschuhe und Raphael steht mir in nichts nach. Jetzt muss es endlich losgehen, sonst stehen wir noch ewig hier im Gestank. Am liebsten würde ich einfach die Klinik verlassen, heimfahren und mich hinlegen. Nüchtern ist diese Arbeit schon erniedrigend, voll mit Restalkohol und einem blauen Auge wird sie unbeschreiblich. Bevor nun ein schrulliger alter Mann seine Darmsauce nach uns wirft, greifen wir an. Jetzt muss es wirklich schnell gehen. Raphael ist der Flottere von uns und schnappt sich die linke Hand, ich beeile mich und fasse mit beiden Händen nach seinem rechten Arm. Wir haben ihn fest im Griff! Erwartungsgemäß wird der Patient nicht ruhiger. Er brüllt laut um Hilfe. Als ginge es um sein Leben. Nachdem mittlerweile jeder Arzt, jede Pflegeperson, ja sogar schon jeder andere Patient hier an der Station vom Richter und seinen Ausscheidungen weiß, kümmern die Schreie niemanden mehr. Es ist eher amüsant für die Unbeteiligten. Wir könnten den Richter nun auch foltern und schlagen, keiner würde es merken. Noch sind die Hemmungen jedoch stärker als der Hass! Noch während er im Bett liegt, beginne ich die Hände von Herrn Skotter zu waschen, sonst macht das Vorhaben „Heraussetzen" überhaupt keinen Sinn. Dies ist kein Zuckerschlecken, aber es ist machbar. Nur Raphael hat bisher einige kleine Spuren abbekommen. Zwischen dem Rand der Handschuhe auf der linken Hand und dem Ellbogen waren zwei kleine Spuren brauner Masse zu sehen. Er selbst hat es noch nicht bemerkt. Jetzt, wo der erste Teil geschafft ist, mache ich die Seitensteckgitter des Bettes auf meiner Seite herunter, Raphael die der Gegenseite. Da der Patient kachektisch ist, gelingt es rasch, ihn mit dem Bein aus dem Bett hängend Querbett zu setzen. Stiller ist der Alte immer noch nicht.

«Hilfe! Ich verurteile sie Beide! So kommen sie nicht davon, ich werde sie im Prozess auseinandernehmen! Ich kenne ihre Anwälte. Die können mir nicht das Wasser reichen. Bereits vor vielen Jahren habe ich Individuen wie sie verurteilt und hinter Gitter gebracht.»

«Der ist Spitze!»

Ich beginne die Situation lustig zu finden und lache laut los.

«Ihr blaues Auge ist begründet. Wer auch immer es war, er hatte recht. Sie verdienen diese Schmerzen! Kommen sie mir nicht zu nahe, sonst schlage ich ihnen das Zweite auch noch blau.»

Es ist geschehen! So musste es kommen. Herr Bader öffnet seine Augen. Nur einen Bruchteil einer Sekunde später drückt er den roten Knopf. Es läutet! Raphael und ich haben dies nicht gemerkt. Wir sind zu sehr damit beschäftigt diesen faltigen stinkenden Körper unbeschadet in den Rollstuhl zu verfrachten. Ohne mit Scheiße beschmiert zu werden ist dies unmöglich. Beide sind wir bereits mehr als nur gekennzeichnet! In der Schule und bei diversen Fortbildungen lernen wir Krankenpflegepersonen von rückenschonendem Arbeiten, in diesem Falle nicht machbar. Das soll mir mal einer in der Praxis zeigen! Bitte, Herr Lehrer, darf ich ihnen Herrn Skotter vorstellen. Er ist nur etwas anders als die Versuchspuppen und Mitschüler in der Klasse. Der wehrt sich nämlich mit Fäkalien in der bloßen Hand. Wo bleibt denn die Kinästhetik, Herr Lehrer?

Leah betritt nach einigen Minuten Geläute das Patientenzimmer.

«Ja Bitte, wer braucht etwas?»

Sie schafft es tatsächlich das Zimmer zu betreten ohne genau hinzusehen. Sie nimmt die chaotische Säuberungsaktion zur Rechten nicht einmal wahr. Blind, dumm und fröhlich grinsend tritt sie weiter in den Raum hinein. Als sie mitten im Zimmer steht und sich hilflos umsieht, bemerke ich sie. Sie sollte diesen Job hier machen. In ihren Zimmern gibt es keine Arbeit, alle Patienten sind selbständig. Und ich? Besoffen rackere ich mich hier ab mit diesem Dreck.

«Was gibt's?»

Kurze Frage meinerseits. Ich hoffe, sie damit nicht zu einem Konversationsmarathon zu ermutigen. Es wäre ohnehin wohl eher ein Monologmarathon. Dies wäre aber noch weit unerträglicher.

«Es hat geläutet, braucht ihr etwas? Was macht ihr denn da?»

Sie ist so dämlich! Nicht einmal jetzt erkennt sie die Situation. Tatsächlich ist es ihr noch nicht möglich, beim Anblick dreier mehr oder weniger braunen, stinkenden Personen zu kapieren, was passiert ist. So etwas besitzt genau so ein Diplom wie ich. Das Leben macht mich müde!

«Wir brauchen nichts! Siehst du nicht, was hier los ist? Mach gefälligst die Zimmertür zu! Muss ja nicht jeder alles mitbekommen.»

Mir ist es langsam nicht mehr möglich, freundlich mit Leah zu reden. Ich werde bösartiger. Mein Tonfall deutet eindeutig auf Abneigung und Verachtung hin.

«Schwester!»

Leah dreht sich um.

«Ja?»

Sie sieht Herrn Bader, der die Hand nach oben streckt. Er winkt und macht sich bemerkbar. Sie geht zu ihm ans Bett.

«Schwester! Bitte!»

«Was kann ich denn für sie tun, Herr Bader?»

«Er hat sein Hörgerät noch nicht gekriegt, es liegt auf dem Tisch neben ihm. Gib es ihm Bitte.»

Raphael ist sich sicher, damit alles geklärt zu haben. Er hat klare Auskünfte erteilt und in einer angemessenen Lautstärke geredet. Zumindest für alle anderen Hominiden. Nicht für Frau Leah! Sie redet und redet und redet und redet und redet in einer Tour, pausenlos und ungefragt. Zuhören ist ihr dafür vollkommen unbekannt. Sie achtet nicht auf anderer Leute Stimmproduktionen. Daher finden die von Raphael ausgesprochenen Worte ihr Ziel, das Gehirn von Schwester Leah, überhaupt nicht, sondern prallen am verdreckten und ewig nicht mehr gereinigten Krankenhausfenster ab und zerstreuen sich im Universum. Schade darum, es hätten peinliche Aktionen verhindert werden können.

«Herr Bader, was brauchen sie denn?»

Versuch Nummer Zwei!

«Ich verstehe sie nicht Schwester, bitte helfen sie mir!»

Herr Bader versucht ihr ein Zeichen zu geben, er deutet auf den Nachttisch.

«HÖRGERÄT!»

Während wir den alten Deppen endlich im Rollstuhl untergebracht haben, mache ich Leah lautstark schreiend auf die fehlenden Gehörutensilien aufmerksam.

«HILFE! Lassen sie mich los, ich warne sie! Ich verachte sie! Geben sie mir ihren Namen ...»

Herr Skotter nimmt wieder aktiv am verbalen Geschehen teil. Die allgemeine Unruhe hier im Zimmer verängstigt Herrn Skotter umso mehr. Irgendwann ist das hier auch überstanden, dann möchte ich ihn für diesen Tag nicht mehr sehen. Dies wird wohl ein frommer Wunsch bleiben. Leah denkt nicht daran, mir zuzuhören, sondern spricht langsam, laut und deutlich zu Herrn Bader. Sie beugt sich dabei soweit nach vorne, das man nur noch auf den ersten Kuss zwischen Herrn Bader und ihr warten möchte. Es fehlen nur noch wenige Zentimeter. Herr Bader sieht vollkommen eingeschüchtert und verschreckt aus. Er bereut erstmals geläutet zu haben.

«Was benötigen sie, Herr Bader?»

«Ich kann sie nicht verstehen Schwester!»

Der arme, schwerhörige Mann deutet erneut auf sein Hörgerät. Würde sie nicht wie ein Groupie fast in seinem Bett liegen, könnte sie sein Winken richtig verstehen und ihn endlich versorgen. So liegt das Gerät weiter unbeachtet von ihr auf dem Tisch.

«Verdammt, steck ihm endlich sein Hörgerät rein, ich halt das nicht mehr länger aus.»

Ich habe genug von diesem Trauerspiel! Die Waschutensilien für Herrn Skotter haben wir nun endlich beisammen und es könnte los gehen in Richtung Sitzdusche. Sogar der Richter ist etwas ruhiger. Erschöpfungsanzeichen machen sich bemerkbar. Endlich! Bevor wir jedoch starten, möchte ich diese peinliche Situation zu Ende sehen. Kein Angehöriger oder Patient darf jemals erfahren, was hier abgeht. Mit so einer dummen Person möchte ich niemals verglichen werden. So besoffen kann man nicht sein, das Können von Leah bringt man eigentlich auch im volltrunkenen Zustand mit. Im Fernsehen gibt es auf deutschen Kabelkanälen täglich Jobwettbewerbsendungen. Drei Bewerber kämpfen um einen Posten. Meist sind es Kellner, Friseure oder Kosmetikfacharbeiter. Bei so einer Sendung würde Leah sofort fliegen. Sie käme in kein Finale, sie würde sich nicht in den Vordergrund arbeiten können, sie würde hoffnungslos untergehen. Zumindest wäre dies, meiner Meinung nach, fair. Wahrscheinlich würde sie mich sogar abhängen. Sie wirkt gepflegter, ist kontaktfreudiger und wäre engagierter als ich. Meine Kompetenz und mein Selbstbewusstsein würden nicht ausreichen, aber dies möchte ich mir nicht eingestehen.

«Ach, er hat ja ein Hörgerät!»

Sie findet es endlich und beginnt damit, es in sein Ohr zu schieben. Die Handhabung wirkt ungeschickt.

Acht Waschlappen, sieben Handtücher, eine Windel, ein am Rücken offenes Hemd und dutzende Handschuhe. Dies sollte für Herrn Skotter reichen. Raphael platziert noch das stuhlverschmierte Bein des Richters korrekt auf dem Rollstuhl und ich löse die Bremsen des Gefährts. Nachdem Leah das Hörgerät gefunden hat, kann es ja losgehen.

«Ja, Herr Bader. Ich weiß, ich bekomme es nur nicht gut hinein.»

Leah kämpft mit der modernen Technik.

Helga öffnet kurz die Zimmertür, blickt zu den Personen im Raum, sieht Skotter und Bader, die Unfähigkeit von Leah, das Hörgerät, dreht sich um und geht breit grinsend wieder weg. Tür noch rasch schließen.

«Herr Skotter, wir fahren jetzt gemeinsam duschen!»

Raphael kündigt das Unausweichliche an, der Patient dürfte nicht korrekt verstanden haben, jedenfalls sitzt Herr Skotter ängstlich, fast schon zitternd im Rollstuhl. Seine Hände umklammern fast panisch die Armlehnen, als sollten sie diese nie wieder loslassen müssen.

«Es passt nicht, aber es ist nicht meine Schuld. Das kriegt keiner mehr ins Ohr hinein. Sagen sie mir doch endlich was sie brauchen. Ich verstehe sie doch! Bitte, sagen sie es mir jetzt!»

Leah und das Hörgerät. Das Schauspiel ist an Dummheit und Unfähigkeit kaum zu überbieten. Ihr Kopf müsste nur noch an einer Sprungfeder fixiert sein und in einer kleinen, bunten Kiste enden. Rote Nase ins Gesicht, fertig! Mehr ginge nicht. Wir schaffen es nicht mit dem Kerl aus dem Zimmer zu fahren, das hier ist besser als Kabarett. Keiner könnte so etwas perfekt Blödes erfinden, das Leben schreibt die schönsten Geschichten. Fast bin ich für die Anwesenheit dieser Asiatin dankbar. Selten innerlich so gelacht wie gerade. Raphael und ich tauschen fast minütlich lächelnde und lachende Blicke aus. Zum Glück dürfen wir dies erleben. Keiner auf dieser Station könnte diese Darbietung der Peinlichkeit überbieten. Ich sehe zu Leah und dem Hörgerät. Nach wenigen Augenblicken erkenne ich das Problem.

«Ich würde das Ding ins andere Ohr stecken!»

Leah beachtet erstmals sofort meine Worte, wird verlegen, läuft rot an und schiebt ohne Bemerkungen das Hörgerät ins richtige Ohr. Endlich! Das rechte Ohr von Herrn Bader ist bereits knallrot vom vielen herumhantieren. So oft betatscht wurde sein Gesicht sicher schon länger nicht mehr. Nachdem sie von Raphael auch noch darauf hingewiesen wurde, selbiges Gerät einzuschalten, ist eine unbeschwerte Kommunikation, zumindest von Seiten des Herrn Bader, ermöglicht.

«Hören sie mich jetzt gut, Herr Bader?»

«Ja, Schwester.»

«Was kann ich denn nun für sie tun?»

«Eigentlich benötige ich nur dringend eine Harnflasche, doch ich fürchte es ist bereits viel zu spät. Es tut mir wirklich schrecklich leid!»

Herr Bader entschuldigt sich. Weshalb er? Gerechterweise müsste sich Leah bei ihm entschuldigen. Aufgrund ihrer Dummheit und Naivität liegt ein Patient nun im nassen. Egal, Raphael, ein verängstigter Richter und ich verlassen das Zimmer in Richtung Dusche. Leah quält das schlechte Gewissen und sie wäscht nicht nur die Intimregion von Herrn Bader sondern sie unterstützt ihn komplett bei der Körperpflege.

Bettwäsche danach noch erneuert und fertig. Während all dieser Geschichten hat Helga alle anderen Patienten der Zimmer Eins, Drei und Vier fertig betreut. Nun fehlen noch zwei Patienten von Zimmer Zwei, dann sind wir hier fertig. Zumindest fürs Erste. Aber das wird alles erst nach dem langersehnten Frühstück stattfinden.

Vegane Pampe

Verhungert ist auf dieser Station noch niemand. Selbst altes und abgelaufenes Essen wird weggeputzt. Ärzte sind besonders wichtig wenn es um die Vernichtung des alten Drecks geht. Pilzsporen mit Doktortiteln. Uralte Kekse, vertrocknete Schnitten oder nicht mehr besonders frisch duftende Schinkenblätter, alles wird geschluckt. Patienten oder deren Angehörige bringen bei Zufriedenheit Schokolade oder andere Aufmerksamkeiten mit. Bei Unzufriedenheit hagelt es Anzeigen und Beschwerden aller Art. Kauft ein Mitarbeiter seine persönlichen Lebensmittel, in der Hoffnung, so ein gutes Frühstück zu genießen, läuft er Gefahr all sein Essen an hungrige Kollegen zu verlieren. Die einzige Chance, diesem Umstand zu entgehen heißt: Beschriften! Alles hier muss mit dem Namen des Eigentümers versehen werden. Bei Nichtbeachtung dieser Regel droht unangekündigter Verlust. Die offizielle Abmachung lautet, alles nicht gekennzeichnete, gehört der Allgemeinheit. Jeder weiß von dieser Tatsache. Lediglich frisch eingetroffene Ware, auch Krankenpflegeschüler genannt, wird manchmal nicht sofort richtig informiert. So bekommt man schon mal ein super Gratisfrühstück. Zweihundert Euro! Viel mehr bekommen die Schüler pro Monat nicht einmal ausbezahlt und wir stehlen denen das Essen. Nicht zu fassen, oder? Stammpersonal hat Vorrang!

Nur äußerst selten schaffen es alle Krankenpflegepersonen des jeweiligen Tagdienstes, zusammen zu frühstücken. Heute jedoch ist es zufällig gerade möglich. Raphael und ich betreten als letztes den Aufenthaltsraum. Insgeheim hofften wir ja, keinen anderen hier mehr anzutreffen. Jedem zu berichten, wie es war, Scheiße abzuwaschen, motiviert uns nicht unbedingt. Der alte Richter glänzt wieder am ganzen Körper, vom Scheitel bis zum Zeh, sogar die Arschritze ist so gut wie keimfrei. Es war ein langer, ungleicher Kampf. Wir beide sind stattliche, routinierte und ungeduldige Pflegepersonen, wir kennen gute Handgriffe um unruhige Patienten ruhig zu stellen. Er hatte nur seine stuhlverschmierten Finger. Dies ist bis zur Sitzdusche eine wirklich beeindruckende Waffe. Sind wir Pflegepersonen jedoch mit Schürze, Handschuhe, Waschlappen und einem Duschkopf bewaffnet, ist der Alte vollkommen chancenlos. Gegen seinen Willen sieht er wieder wie ein normaler, geriatrischer Klient aus. Noch vor Minuten wären wir von Angehörigen verklagt worden. „Wieso lassen sie es zu, dass er so aussieht? Sie sehen ja nicht einmal nach meinem Vater! Ich werde mich über sie beschweren!" Dies sind so die üblichen Floskeln der Angehörigen. Langweiliges Geschwätz! Wir sind Profis und kennen unsere Arbeit nur zu gut. Bis zur Besuchszeit am Nachmittag haben wir bereits alle Patienten so gut es ging betreut und natürlich auch versorgt. Kommen die Angehörigen, sitzen wir verdienterweise bei Kaffee und Kuchen beisammen. Raucher zünden sich eine an und für die Verwandtschaft sieht es aus, als würden wir den ganzen Tag nur faul herumsitzen. Bloß, weshalb sollen wir uns rechtfertigen? Die haben doch alle keine Ahnung. Objektiv denken ist für die doch alle nicht möglich. „Mein Onkel ist alt und krank – helft ihm!" So einfach stellen die sich das vor. Da versorgt man tagtäglich bis zu 27 Patienten und die Angehörigen denken, deren Verwandtschaft ist die einzig Wichtige. Da kann man nur weghören oder streiten. Besonders beeindruckend ist der Gesichtsausdruck von Angehörigen, nachdem die Pflegeperson das kleine Wörtchen „NEIN" ausgesprochen hatte. „Können sie dieses oder jenes für meine Mutter tun?" „Nein!" So einen Blick vergisst man nie wieder. Genial! Hier nun mal offiziell: Eine Pflegeperson kann nicht alle Wünsche erfüllen. Wir sind keine Geister die in Wunderlampen leben und auf Befehle und Wünsche warten. Wir wollen bei mobilen Patienten keine Diener spielen. Holt euch selber euren Tee, zieht euch selber die Vorhänge zu, etc. Und sollten Ärzte gewisse Dinge untersagen, dürfen wir diese auch nicht erfüllen. Wenn euer Angehöriger im Bett liegen bleiben muss, schleppen wir ihn sicher nicht zum Scheißen auf die Toilette. Er geniert sich? Auf der Schüssel kann er nicht kacken? Uninteressant! Bettruhe bleibt Bettruhe! Für Männer, Frauen, Jung, Alt, Katholiken,

Moslems, Heteros oder Lesben! Egal wie lange ihr für eure Leute verhandeln wollt! Pech gehabt!

Wir sitzen nun alle beim Frühstück beisammen. Leah öffnet gerade eine Bananenschale. Teilweise blitzen zwischen ihren Fingern noch die, mit einem dicken Textmarker auf die Bananenschale gekritzelten, Buchstaben L E A H hervor. Auch Vitamine gehören vor gemeinen Fressdieben geschützt. Die Banane wurde von Leah heute früh vom Frühstückstablett eines Patienten gestohlen. Er war nüchtern für eine OP heute Vormittag. Ihm geht diese Banane also nicht ab. Trotzdem ist es den Pflegepersonen nicht gestattet das Essen der Patienten zu schnappen. Offiziell ist dies Diebstahl. Tagtäglich erhalten die Patienten drei Mahlzeiten. Morgens – mittags – abends. Nur, hier auf der Chirurgie ist natürlich ein jeder Patient einmal pro Aufenthalt nüchtern für eine Operation. Da bleiben genug Speisen pro Tag für das Personal über. Es wird natürlich auch gegessen! Wird man dabei jedoch erwischt, droht die Kündigung. Nicht verbrauchtes Essen muss in die Küche zurückgesandt werden und dort wird es dann weggeschmissen. Schade um das Essen. Keine Obdachlosen dürfen das Essen einnehmen, ja nicht einmal zu Schweinefutter darf es verarbeitet werden. Angeblich wäre die Kontaminationsgefahr zu hoch. Klingt komisch, ist aber so. Aber wir dürfen es nicht essen! Schwachsinnige Regelung, jedoch von uns nicht zu ändern. Kommt ein Patient gegen Mittag von der OP zurück, darf er selbstverständlich noch für einige Stunden nichts essen oder trinken. Um auch sein Abendessen für sich zu gewinnen, bedarf es einiger Rhetorikkünste. Die Essigwurst oder der Rinderbraten wandern meist nicht zu einem Frischoperierten. Die Gefahr des Erbrechens erleichtert die Überzeugungsarbeit. Mein Magen freute sich schon oftmals über solche Überbleibsel. Was machen eigentlich Pflegepersonen auf einer Internen?

«Ja, ihr armen! Seid ihr endlich fertig? Was war denn los? Das war doch ein Wahnsinn, oder?»

Irene fragt, ohne die Blicke von ihrem Butterbrot zu nehmen. Belegt ist das Butterbrot mit dünnen Bananenscheiben. Die Art der Fragestellung und der dazu erklingende Tonfall deuten auf ein erhöhtes Desinteresse hin. Echtes Mitleid ist nicht zu erkennen. Sie fragt aus purer Höflichkeit. Dementsprechend fällt unsere Antwort aus. Genervt fällt uns beiden das Selbe ein.

«Alles voll Scheiße!»

«Herr Bader ist von mir schon fertig gewaschen worden!»

Leah drängt sich kurz ins Gespräch hinein. Daraufhin nickt Raphael nur kurz und zündet sich eine Zigarette an. Ich beachte die Aussage von Leah überhaupt nicht. Zuerst benötige ich einen Kaffee, also hin zur Maschine. Ein doppelter Espresso hilft mir jetzt hoffentlich. Mit einem Griff in meine Hosentasche bekomme ich auch meine nächste Unterstützung. Eine rote Gauloises. Schnell brennt sie und ich beginne, mich zu entspannen. Mit Zigaretten ist es wie mit dem Essen. Nicht beschriftete Packungen werden weggeraucht, ohne jegliche Rücksichtnahme. Die Rauchstängel verschwinden an manchen Tagen auf geheimnisvolle Art und Weise. Scheinbar steht dieses Krankenhaus in der Nähe des Bermudadreiecks. Leider verschwinden manche Personen hier nicht so einfach. Von mir aus könnte Leah für immer im Nirwana verschwinden.

«Helga, gib mir bitte mal das Brot herüber.»

Leah frisst bereits ihr drittes Butterbrot. Es ist ein unglaublicher Anblick. Mehr als ein Drittel des Brotes fällt ihr während des Kauens wieder aus dem Gesicht. Es scheint, als ob sie durch die geschlossenen Zahnreihen das zermalmte Brot wieder herauszuquetschen versuchte. Sie schafft dies dann sogar regelmäßig. Dreiviertel des Brotes erblickt zum zweiten Mal das Licht der Welt und eben ein Drittel platscht wieder auf den Teller zurück. Aus diesem Grund hält sie sich während des Essens immer über den Teller. Leider ohne den gewünschten

Erfolg. Bis zu einem Meter rund um den Teller herrscht Chaos. Alles ähnelt einem Schlachtfeld. Kleine zerschossene Brotsoldaten und zerstörte Butterkörper liegen hier vor uns am Tisch. Sie schmatzt auch noch dabei. Ohne Schmatzgeräusche sind solche Untaten wohl auch nicht möglich. Alles sieht fett aus. Ihre Finger, ihre Lippen, ihre Zähne, ihre Mundränder, ihr Teller und auch der Tisch. Alles FETT! Jeder andere Mensch sieht maximal so dreckig aus, nach dem Verzehr von einer Tonne Schweinerippen. Nach dem Frühstück sollte sie verpflichtet sein, duschen zu gehen. Das kann man doch niemandem Zumuten. Wenn ich in sie verliebt wäre, aber zum Essen ausführen würde ich sie niemals. Peinliche Blicke des Kellners und der anderen Gäste würden mich innerlich auffressen. Zuerst der angeschissene Patient, nun dieser ekelhafte Anblick. Helga dämpft erneut eine geschnorrte Zigarette aus. Die fünfte heute. Für eine Nichtraucherin keine üble Bilanz.

«Tom hat jetzt eine Neue, wusstet ihr das schon?»

Helga hofft, die Neuigkeit allen berichten zu können. Irene hebt ihren Blick doch einmal kurz von ihrem Teller und äußerst sich zu dem Thema gewohnt dumm.

«Waaaaas?»

Sie hat eine Begabung Worte unnötig in die Länge zu ziehen. Dies klingt bei ihrer hohen Stimme schrecklich.

Auch Leah ist der irrigen Annahme, irgendetwas beisteuern zu müssen.

«Wirklich? Ahaa! Nein, wusste ich noch nicht.»

In Wahrheit klingt das natürlich anders. Mit dem Maul voll herausquellenden Butterbrotkriegsschauplätzen klingt das eher nach:

«Wrschlch? A! Ein, wruschde isch schno nikscht.»

Wieder spuckte sie ihre Umgebung voll. Natürlich wusste sie dies noch nicht, sie weiß ja nie etwas. Dieser Zustand ist bereits chronisch bei ihr.

«Wer ist sie? Wie heißt sie? Ist sie auch Krankenschwester?»

Raphael wird neugierig.

«Ja, ich weiß es auch nicht. Sie heißt Claudia und sie ist Schülerin. War aber nie bei uns. Haben sich wohl auf irgendeinem Fest kennengelernt.»

Helga offenbart ihr ganzes Wissen zu diesem Thema. Tratschen ist Pflicht in diesem Beruf. Keiner bleibt verschont.

«Eine Schülerin? So wie die von Horst?»

Paula betritt gerade den Raum und bringt sich ein. Sie spielt lautstark auf mein Image hier an der Station an. Ich bin ein Schülerinnenficker und das bleibt natürlich kein Geheimnis. Jeder hier bekam dies in den letzten Jahren mit. Aber wie soll ich mich auch gegen diese Frauen wehren? Es sind doch Krankenpflegeschülerinnen!

… aus Schlumpfhausen bitte sehr!

Es gibt wohl auf der ganzen Welt keinen besseren Beruf für Singlemänner. Mehr als Dreiviertel der Pflegepersonen sind Frauen. Grob geschätzt. Geballte Östrogenausschüttungen live miterleben. Deshalb habe ich diesem Beruf gewählt, denke ich zumindest. Bereits während der Ausbildung gelangt man recht unkompliziert an weibliche Wesen. Ist man allerdings mit der Schule fertig, geht es erst so richtig los. Engagement bedarf es klarerweise schon, aber dann klappt das auch. Im Laufe der Jahre ergeben sich zwangsläufig Situationen in denen männliche Pflegepersonen mit blutjungen, hübschen Mädchen alleine am Krankenbett stehen. Bettenmachen kann dabei herrlich sein. Es bieten sich wunderbare Einblicke! Stellt sich der Mann nicht komplett dumm an, kommt er in den ersten beiden Praktikumswochen zumindest zu einem Treffen außerhalb der Klinik. Nach einigen Bieren wird sich der Rest zeigen. Nach fünf Jahren Praxis kommen einem da schon mehr als zwei Dutzend reizvolle Geschöpfe unter. Alle Türen stehen einem offen. Sexuelle Begegnungen natürlich angestrebt und inbegriffen. Dies ist jedoch auf einer Krankenstation auf Dauer nicht zu verbergen. Die Annäherung beginnt selbstverständlich bereits auf der Station. Kollegen bekommen so etwas naturgemäß rasch mit und erzählen alles schnell weiter. Manchmal verplaudern sich die Schülerinnen auch selbst. Macht nichts, Hauptsache ich habe meinen Spaß. Die jungen Wesen mit den weißen Hosen und den blauen Oberteilen gehören erforscht. Immer wieder spannend zu sehen, wie weit sie zu gehen bereit sind.

Es gibt die seltsamsten Persönlichkeiten in den Schulen. Von erotischen, klugen, sexuell willigen Frauen bis hin zu selbstzerstörerischen kranken Idiotinnen. Diabetikerinnen die Patienten bis zu zwölf Milliliter Insulin spritzen würden, sind ebenso mit dabei wie vollkommen unselbständige, unsichere Patientenwaschroboter! Solche Weiber möchte ich selbst natürlich auch nicht angreifen müssen.

Anna Katharina Kränzlein

Natürlich bemerke ich den spitzen Seitenhieb meiner Chefin. Sie findet nichts an meinem Hobby, immer wieder aufs Neue meine Grenzen auszuloten. Sehen zu wollen, ob ich es noch kann, ist für sie kindisch und idiotisch. Vielleicht hat sie sogar recht. Ich bin über dreißig und versuche halbe Kinder ins Bett zu bekommen. Eine achtzehnjährige ist sicher leichter zu beeindrucken als eine erwachsene Frau. Vielleicht fehlt mir der Mut es bei den Gleichaltrigen zu versuchen. Kann durchaus sein! Anderseits kann ich mir bei meiner Chefin nicht vorstellen, dass sie regelmäßig Sex bekommt. Unbefriedigt, und deshalb zickig und gereizt durchs Leben gehen, kann auch keine annehmbare Möglichkeit sein, oder? Ich würde sie auch nicht decken wollen.

«Seit wann sind sie zusammen?»

In Leahs Welt klingt das nach:

«Scheit wn schi schi schuammn?»

Raphael versteht kein Wort und fragt:

«Was?»

«Scheit wnn schi schi schuammn?»

«Erst seit wenigen Tagen. Zumindest meinte Klaus so etwas, der hat es von Cornelia.»

«Also eine sichere Quelle!»

Ich muss lachen. Auch wenn hier immer wieder auch Schwachsinn verbreitet wird, die neue Beziehung von Konrad alias Tom ist jedenfalls eine Tatsache.

«Hoffentlich hat er diesmal mehr Glück! Die letzte war ja nichts für ihn!»

Irene kennt zwar seine Ex nicht besonders, meint aber sie bewerten zu dürfen. Leah schafft es nicht, einfach einmal nichts zu bemerken.

«Naja, so schlecht war Doris ja nicht.»

Sie hat endlich heruntergeschluckt und wird für ihre Umwelt wieder verständlicher. Man hört sie zumindest wieder, inhaltlich verständlicher wäre zu viel des Guten. Mit ihrer Zunge werden die Zahnzwischenräume noch nach ekelhaft steckengebliebenen Essensresten durchforstet. Sie hat nicht mehr Zähne, als ein normaler Mensch haben sollte, nur sie besitzt mehr Zahnzwischenräume als üblich. Woher die kommen weiß niemand, sie sind irgendwann gekommen und geblieben. Dies ist mit Sicherheit irgendeine Raum-Zeit-Geschichte. Strings spiegeln uns falsche Tatsachen vor und wir dummen Menschen fallen darauf herein. Steven Hawkins könnte dies alles natürlich professioneller erklären, ich bin aber sicher, die Antwort zu kennen. Die Antwort lautet einfach „Strings"! Ich kenne ja das Buch „Eine kleine Geschichte der Zeit" und „Das Universum in der Nussschale". Trotz des überdurchschnittlichen Alkoholkonsums bin ich wider erwarten doch nicht ungebildet. Man muss schon einen Mittelweg finden und diesen gekonnt gehen. Meine klugen Gedanken werden von Übelkeit erzeugenden Schmatzgeräuschen je unterbrochen. Ich kann nicht anders, ich muss diesen Geräuschen folgen und finde meine Blicke im Mund der blöden Leah wieder. Sie lutscht dauernd an ihren Zähnen herum. Kann man bei grausamen und unmenschlichen Dingen wegsehen? Leah ist ein echt grausames Ding! Da kann ich nicht anders, ich muss hinstarren. Vor mir sitzt die Königin des Unappetitlichen! And the winner is: Leah!

«Ich meine nicht Doris, sondern Anna.»

Irene kennt namentlich alle Exfreundinnen von Konrad-Tom.

«Wer war Anna?»

Leah hingegen hat erwartungsgemäß wieder einmal überhaupt keinen Schimmer! Niemand hier im Raum erwartet etwas anderes. Sie bestätigt ihr Image tagtäglich und das alles ohne besonderen Aufwand ihrerseits.

«Du hast wie immer keine Ahnung! Und hör endlich mit dem lauten Geschmatze auf, es ist nicht mehr auszuhalten!»

Raphael beginnt laut zu lachen, während ich das sage. Aber es war notwendig. Das Zusehen finde ich noch nicht zu schlimm, die beschissenen Geräusche von ihrer Zunge und ihrem herumspritzenden Speichel machen mich allerdings aggressiv.

«Ich habe schon fertiggegessen.»

Leah grinst mich an. Ich erkenne Butterbrotreste auf ihrer Zunge und Fettreste auf ihren Lippen. Wieso fällt sie nicht einfach tot um? Um hier das Gespräch mal etwas voran zu bringen, erkläre ich den Anwesenden alles, bezüglich dieser Anna!

«Anna war diese Geigenspielerin, die Beiden haben sich doch damals bei diesem Konzert kennengelernt. Die Geschichte lief aber nicht so gut. Nach einigen Wochen ging sie doch fremd und er hat es mitbekommen. Das war´s dann auch schon wieder für Konrad»

Alles, mir bekannte habe ich jetzt allerdings absichtlich nicht weitererzählt. Konrad traf diese Anna im Jahr 2007 bei einem Konzert im Grazer Orpheum. Aufgespielt haben die Musikerinnen und Musiker der deutschen Mittelalterfolkband „Schandmaul". Konrad kannte die Band damals noch überhaupt nicht. Er war auch nicht besonders angetan von deren Musik. Es ist aber auch nicht leicht Konrad musikalisch zu überzeugen. Seiner Meinung nach sind „Quincy" ohnehin die Besten! Daher kommt wahrscheinlich auch deren Ruhm und Reichtum. Wie auch immer! Zwei Freunde von Konrad, beide leben in Graz, überredeten ihn mitzukommen. Ebenfalls anwesend war ein hübsches, zweiundzwanzigjähriges Mädchen namens Anna. Seit mehr als 13 Jahren spielt sie Geige, liebt Folk, kennt und verehrt Schandmaul schon seit vielen Jahren und sieht auch noch der Musikerin Anna Katharina Kränzlein verdammt ähnlich. Nur das Rückentattoo fehlt. Nein, es ist kein billiges Arschgeweih, sondern es sind zwei wunderschöne Zeichnungen im Stil der F-Löcher einer Violine. Unsere nicht-tätowierte Anna steht, wie immer bei Schandmaulkonzerten, links vor der Bühne, somit kann sie ihr musikalisches Vorbild genau unter die Lupe nehmen. Dies ist so ungefähr ihr zehntes Schandmaulkonzert. Sie genießt es verständlicherweise jedesmal auf neue. Sie feiert mit der Band und den Fans mit, singt bei fast allen Songs textsicher mit, klatscht artig nach jedem Lied und freut sich nach dem Song „Walpurgisnacht" auf die Klassiker „Dein Anblick" und „Sonnenstrahl". Danach wartet sie immer, ohne eine einzige Ausnahme, auf die Band. Nach jedem Konzert begeben sich die Musiker gut gelaunt zu den Fans! Nicht abgeriegelt irgendwo hinter Securities versteckt, nein, sie kommen mit Stiften und einer Flasche Bier bewaffnet heraus, quatschen mit den Leuten, lassen sich brav fotografieren, und unterschreiben alles mögliche. Tolle Stimmung ist hierbei immer garantiert! Anna hat Autogramme von allen! Thomas Lindner – Gesang, Quetschkommode und Gitarre, Anna Kränzlein – Violine, Martin „Ducky" Duckstein – Gitarre, Birgit Muggenthaler – Blasinstrumente, Matthias Richter – Bassgitarre, Stefan Brunner – Schlagzeug! Und auch hier, 2007 in Graz, ist sie am Feiern. Sie konnte natürlich nicht ahnen, wie dieser Tag enden würde.

Hinter Anna standen zwei Männer. Sie bewunderten die Doppelgängerin! Was soll ich sagen, ich war einer der Beiden! Nach über einer Stunde, war es mir egal. Ich hatte meine zwei Mutbiere getrunken und startete eine Anmache. Ich stellte mich ihr brav vor und lud sie auf ein Getränk ein. Sie lehnte anfangs höflich ab, sie wollte klarerweise nicht raus aus dem Saal um mit mir an der Bar etwas zu schlürfen. Im Saal gibt's ja keine Bar! Klugerweise kam mein Freund, Christian, auf die tolle

Idee, nicht viel zu fragen. Er kaufte einfach drei Bier, überreichte jedem von uns einen Becher und wir prosteten uns gegenseitig nett zu. Nach rund einer halben Stunde hatte ich die Telefonnummer von Anna. Volltreffer! Nach einer viertel Stunde verloren wir uns allerdings wieder aus den Augen. Sie lief bei einem Song wie verrückt nach vorne, um gemeinsam mit hunderten anderen abzutanzen. Selbst wenn wir wollten, wir hätten sie nicht wiedergefunden. Nur unbedeutend später kam es zu der Begegnung zwischen Anna und Konrad. Erst Tage danach, hier im Tagdienst, erfuhr ich von Konrad und seiner neuen Eroberung. Ich staunte nicht schlecht. Er lernte eine Anna in Graz kennen, sie sah wie eine der Musikerinnen aus. Es war eine, laut ihm, mittelmäßige Band, aber diese Frau war einfach toll. Dieser Ignorant! Ich schwieg, wusste jedoch, irgendwann einmal würde meine Zeit kommen. Wochen später fand ich, mehr zufällig, denn beabsichtigt, einen kleinen Zettel auf dem mit Bleistift eine Telefonnummer gekritzelt war. Darunter stand der Name „Anna – Graz". Klar, die Beiden waren so etwas wie ein Liebespaar, doch weshalb sollte ich es nicht versuchen? Sie war viel zu hübsch und erotisch gewesen um diese Chance zu vergeuden. Wenn sie ihn wirklich lieben würde, könnte sie ja absagen, oder? Für den Anruf wählte ich einen Abend an dem Konrad Nachtdienst hatte. Ich setzte mich daheim auf meine Couch, legte eine Schandmaul-CD in meine Stereoanlage ein, öffnete mir ein Bier und versuchte mein Glück. Ich wählte. Sie meldete sich bereits nach dem ersten Läuten. Das beginnt ja nicht schlecht. Sie erwartete wohl eher den Anruf von Konrad, die Begrüßung deutete dies an.

«Hallo mein süßer Hase!»

Diese Worte hauchte sie mir erotisch ins Ohr. Ich konnte nichts dafür, ich bekam plötzlich eine Erektion. Glücklicherweise, ist das Videotelefonieren noch nicht endgültig ausgereift. Mein Gesichtsausdruck wäre doch etwas zu peinlich gewesen. Danach musste ich an Konrad denken. Er ist ihr Hase? Meine Güte, da könnte ich gleich kotzen. Super Mischung, mit einem Steifen in der Hose kotze ich alles voll. Es bedurfte über zehn Minuten Gesprächsaufwand um dieser sexy Anna meine Identität zu erläutern. Sie konnte sich nicht mehr erinnern! Meine Wirkung auf Frauen wird von mir regelmäßig überschätzt, aber weiter im Programm. Endlich erkannte sie mich wieder. Mein Monolog führte zumindest einmal zum ersten Erfolg. Um ehrlich zu sein, war ich nach wenigen Minuten schon wahnsinnig nervös gewesen und es kam mir alles wie eine halbe Ewigkeit vor. Sie dankt mir rasch für den netten Anruf, könne jetzt aber nicht länger mit mir reden und ein Treffen käme ohnehin nicht in Frage. Sie lebt ja in einer Beziehung und da wäre so etwas äußerst unpassend. War das meine verpasste Chance? Sollte ich auflegen und mir einfach einen runterholen? Ich entschied mich für höfliche Hartnäckigkeit. Nach weiteren zehn Minuten waren wir für den übernächsten Abend verabredet. Wir trafen uns in einem Wiener Irish Pub. Es sollte natürlich ein Lokal sein, in dem nicht überraschend Konrad auftauchen würde! Und wo kennt sich Konrad nicht besonders aus? Im neunten Wiener Gemeindebezirk. Also auf zum Schlickplatz, hier ist wohl eines der besten Pubs von Wien. Pünktlich um neunzehn Uhr trafen wir ein. Wir setzen uns auf Barhocker und bestellten uns schnell mal zwei Bier. Ich trank ein Snakebite und sie wollte unbedingt ein Guinness trinken. Also, rasch zuprosten und den ersten Schluck zum Kehle befeuchten hinunterspülen. Ich tat mir schwer, mich auf diese Anna hier zu konzentrieren. Immer wieder dachte ich an Anna Katharina Kränzlein. Diese verdammte Ähnlichkeit! Wie sollte ich dies nur aus meinem Schädel bekommen? Der Dialekt war natürlich ein Anderer. Die Musikerin hatte logischerweise einen deutschen Dialekt. Ihre Stimme durfte ich ja schon öfter genießen. Genauso wie Konrads Damalige war ich auch schon auf vielen Schandmaulkonzerten. Und auch ich wartete gerne bis zum Meeting mit der Band. Christian und ich wollten auch immer wieder Autogramme von den Mädels. Dies sollte nie etwas sexistisches sein, uns gefallen die Beiden einfach nur gut. Wahrscheinlich ist es ehrlicherweise eine Mischung aus beiden Dingen. Anfangs wird es wohl immer ein einfaches „Gefallen" sein, nach einigen Bieren wandelt sich das Ganze wahrscheinlich zu etwas Sexistischem. Wir sind eben auch nur „Y"-Chromosomträger. Was fragt man eigentlich Musiker? Egal welche Berühmtheiten ich in meinem Leben auch schon persönlich getroffen hatte, ich wusste nie was ich sagen sollte. Bela B, Farin Urlaub, Rod Gonzales, Campino, Kuddel, Rocko Schamoni, Ostbahnkurti, Alf Poier, Udo Lindenberg, David Bowie, Franka Potente, und viele mehr! All diese Menschen durfte ich im Laufe meines Lebens irgendwo auf dieser Erde antreffen. Die Ärzte traf ich beispielsweise während deren Lesung in Wien, Bela B joggte in Berlin an mir vorbei, Rod war im Backstagebereich des Two Days A Week Festivals in Wiesen, Campino und Kuddel saßen neben mir an einer Bar in einer Düsseldorfer Sportkneipe, Rocko Schamoni sah ich in Köln, Ostbahnkurti und Alf Poier waren auf der Kärntner Straße unterwegs, Udo Lindenberg sah ich vor seiner Hotelunterkunft in Hamburg, David Bowie erkannte ich in München und Franka Potente saß auf einer Parkbank in Salzburg. Und ich war immer ganz in der Nähe, nur mit welchen Worten erzeugte man Aufmerksamkeit? Tagtäglich werden diese Leute angesprochen. Manche werden nett mit denen umgehen, andere werden Ärsche sein. Zweiteres würde ich niemals sein, bloß dies weiß außer mir ja niemand. Weshalb sollten diese Menschen mit mir reden wollen? Einzig Kuddel sprach mich kurz an. Er saß neben mir und fragte mich nach Feuer. Artig reichte ich ihm mein Feuerzeug. Ich versuchte dabei logischerweise cool zu bleiben. Ich erkenne dich nicht und wenn, bist du mir egal. Kuddel? Kenn ich nicht, ich bin ja selbst ein Star. So, oder so ähnlich wollte ich zumindest bei den Hosen Mitgliedern ankommen. Ob ich es geschafft habe, weiß ich nicht. Nachdem Kuddel seine Zigarette angezündet hatte, gab er mir mit einem dankenden Nicken das Feuerzeug zurück und das war es mit meiner Blutsbrüderschaft mit dem Gitarristen. Ich trank aus und verließ das Lokal um mir die Düsseldorfer Altstadt anzusehen. Ich hatte den Eintritt in den professionellen Punkrock verpasst. Dieser Zug war abgefahren! Und auch bei Anna Katharina Kränzlein ist diese

Geschichte nicht besser! Ich stand jedesmal vor ihr, ließ sie irgendetwas unterschreiben, bewunderte sie, dankte brav und sagte „Tschüss". Einige wenige Worte wurden zwar hin und wieder gewechselt, für die Ewigkeit bräuchte man diese Konversationen jedoch nicht aufzeichnen. Keine verwertbaren Highlights! Gerne würde ich sie umarmen, ihr ein Küsschen links und rechts geben, sie fragen was es neues gäbe, und mit ihr bei einem kühlen Bier an der Bar stundenlang quatschen. Keine Anmache, kein Sex, kein Hintergedanke, einfach freundschaftliches Gequatsche! Wäre toll, wird es jedoch wohl nie geben.

Aber hier an der Bar in Wien war ja nur das kleine Doppelgängerhäschen neben mir. Ich kannte keine Gründe, um kleinlaut und zurückhaltend zu sein. Ich saß das erste Mal mit ihr zusammen und ich wusste, ich bekäme keine zweite Chance. Mit viel Mühe überredete ich sie zu diesem Date und nun musste ich Vollgas geben. Es gab nichts zu verlieren. Wir tranken Bier um Bier um Bier um Bier. Meine Hände wanderten immer öfter auf ihre Schenkel, auf ihre Schulter und durch ihre Haare. Unsere Hände berührten sich immer wieder und nach einigen Malen zuckte sie auch nicht mehr zusammen und ihre Hand wurde nicht mehr zurückgezogen. Nach drei Stunden Eroberungsdruck meinerseits, landeten wir in meiner Wohnung. Diese ist nicht weit entfernt vom Pub und somit optimal. Alles begann wie ein erotisches Abenteuer. Die Küsse wurden inniger, die Pullover, Shirts und Hosen flogen quer durch die Wohnung und ich gab ihr keine Minute Zeit, sich hier im meiner Bude näher umzusehen. Sie schien auch den Gestank meines verdreckten Geschirrs nicht wahrzunehmen. Seit Wochen liegt das Zeug nun schon stinkend hier in meiner Abwasch. Entweder bin ich ein so perfekter Liebhaber, oder das Guinness unterstützt mich mehr als erwartet bei meinem Vorhaben, dieses Mädchen flach zu legen. Als wir endlich engumschlungen und vollkommen nackt im Bett liegen, schien es kein Morgen mehr zu geben. Anna begann meinen Körper mit ihren Lippen und ihrer Zunge zu erkunden und überall zu berühren.

Jedoch, selbst als sie meinen Zauberstab ganz tief in ihrem Mund versteckte und daran zu saugen und schlecken begann, regte sich nichts. Von einem Zauberstab konnte keine Rede sein. Es war maximal ein Zauberwurm! Der Alkohol zeigte seine böseste und zerstörerischste Wirkung. Es ging nichts mehr, dieser Abend war gelaufen. Nach einigen Fehlversuchen schliefen wir nebeneinander liegend ein. Ich war absolut erschöpft! Um acht Uhr morgens wachte ich katerfrei auf. Meine Blase drängte nach Entspannung. Nachdem ich vom Pinkeln kam, sah ich sie wieder vor mir. Halb abgedeckt schlief Anna in meinem Bett. Vollkommen nackt und perfekt, es war traumhaft. Ich musste sie rasch wecken, überall berühren, küssen und schmecken. Alles ging Schlag auf Schlag! Sie verlor sich in mir und ich mich in ihr – wortwörtlich! Es dauerte lange und es war wohl eines der besten, längsten und intensivsten Sexabenteuer meines Lebens.

Danach lagen wir noch eine lange Zeit nebeneinander im Bett. Wir hielten uns gegenseitig fest und genossen es. Sie dachte an die kommenden Konsequenzen! Sie musste Konrad alles beichten. Er würde es sicher nicht verstehen, sie verstand es ja selber nicht! Weshalb tat sie es? War es notwendig? Es war auf jeden Fall wunderschön. Für Beide! Rund eine Stunde später war sie bereits auf dem Heimweg. Sie nahm ein Taxi, hier im Wagen konnte sie besser nachdenken als in der Straßenbahn. Sie achtete nicht auf mein Namensschild an meiner Türe. Dies war mein Glück. So konnte sie zwar von einem Fehltritt berichten, und Konrad alles erklären, sie konnte aber nicht sagen, ein gewisser Horst Buhtke hätte seinen Saft in sie gespritzt. Er hat es niemals erfahren. Wie hätte er wohl sonst reagiert? Ich habe Anna jedenfalls nie mehr wieder getroffen. Sie war bereits nach dem Orgasmus Erinnerung! Aus und vorbei. Es war die Erfahrung jedenfalls Wert!

Arschlocharzt

Jede Frühstückspause geht irgendwann einmal zu Ende. Irene und Leah sind schon seit über einer viertel Stunde wieder bei der Arbeit. Die Tirolerin, Raphael und ich wollen noch nicht an die kommenden Aufgaben denken. Paula, die Stationsschwester betritt nun schon zum vierten Mal innerhalb weniger Minuten, rein zufällig natürlich, den Sozialraum. Sie sucht bestimmte Unterlagen und blickt jedesmal kritisch in unsere Richtung. Vielleicht sollten wir doch aktiv werden. Über eine Stunde konnten wir unsere Pause bereits hinziehen. Gekonnt ist gekonnt! In diesem Zeitraum ertönten zirka zehn Glocken, neun davon wurden von Leah abgearbeitet, eine von Raphael. Ich hatte meine heilige Ruhe. Drei Kaffee, fünf Zigaretten und zwei Marmeladesemmeln fanden in dieser Stunde den Weg in meinen Körper. Nun starten wir wieder auf Zimmer Nummer Zwei. Zimmer Eins, Drei und Vier sind ja bereits erledigt, da brauchen wir nicht mehr hineinsehen. Der Richter auf Zimmer Zwei liegt schon wieder nackt in seinem Bett, dies beunruhigt jedoch keinen von uns. Wieder anziehen werden wir ihn sicher nicht, der zieht sich den Scheiß ja ohnehin sofort wieder aus. Zumindest ist er noch rein und wohlriechend. Das Gesabber rund um seinen Mund vergessen wir einmal ganz schnell wieder. Ist nicht wichtig, nur Speichelschleim. Er schläft, somit ist er wenigstens ruhig und stört nicht. Für Angehörige ist es oftmals vollkommen unverständlich, weshalb die Pflegepersonen die Patienten nackt im Bett liegen lassen. Es ist den Besuchern eben selbst unangenehm den blanken Arsch oder die Eier von alten Patienten zu sehen. Zu groß ist die erworbene Scham. Daher endlose Diskussionen. Wir werden auch hier von vielen als faule Arschlochpfleger abgestempelt. In den Fernsehserien sind doch immer alle ganz sauber und brav gekleidet und die Betten sind auch immer so toll gemacht. Danke, Hollywood und Schwarzwaldklinik! Der von Leah zuerst gequälte und danach von ihr gewaschene Herr Bader liegt noch ruhig in seinem Bett. Irgendwie wirkt er heute müder und verlangsamter als an den Vortagen. Helga und Raphael waschen zeitgleich jeweils einen Patienten, also bleibt für mich nichts mehr an Patientenarbeit über. Glück gehabt! Zu intensiver Kontakt zu unseren Patienten kotzt mich ohnehin an. Aber den Herrn Bader würde ich jetzt noch gerne im Rollstuhl sitzen sehen, das würde ihm gut tun und seine Angehörigen wären auch wieder zufriedener. Normalerweise kommen tagtäglich unsere stationseigenen Physiotherapeuten zu den Patienten. Erstmobilisationen nach Operationen, das Durchbewegen der Bettlägerigen und das Herausmobilisieren einiger Dauerpatienten gehört unter anderem zu deren Tätigkeit. Aber ich habe keine Lust auf die Kollegen zu warten. Ist doch auch vollkommen egal, wer diesen Patient in den Rollstuhl hievt. Ich nehme mir nun vor, die gute Tat des heutigen Tages zu vollbringen. Langsam bereite ich mir den Rollstuhl vor, schnappe mir Handschuhe und nehme mir die Stützstrümpfe. Die sinnlosen Stützstrümpfe werden von unseren Ärzten verordnet. Jeder der hier anwesenden Patienten muss diese dummen Strümpfe tragen und täglich blutverdünnende Substanzen gespritzt bekommen. Interessanterweise sind diese Gummistrümpfe von den Herstellern als einfache Liegestrümpfe deklariert. Unsere Ärzte ordnen diese Dinger jedoch bei den Mobilisationen an. Somit sind sie zwecklos und unangenehm. Sie sind eng und quälen die Patienten. Vielleicht wollen auch die Ärzte die Patienten nur verarschen und daher diese Anordnungen. Wir werden es nie erfahren! Und die Spritzen jeden Tag? Wir Pflegepersonen verabreichen diese Injektionen jedem Patienten einmal am Tag, der Tag an dem die Operation stattfindet ist von dieser Regelung verständlicherweise ausgenommen. Unsere Ärzte sichern sich ab, mehr nicht. Falls ein Patient eine Thrombose bekommt, so kann der Arzt seine Verantwortung abgeben und sagen, er hätte ja die Injektion präventiv verordnet. Und außerdem sind da ja noch die Antithrombosestrümpfe. Niemand fragt in so einem Fall nach der Schuld der Ärzte. Der Arzt ist abgesichert! Genau aus diesem Grund wird bei jedem Patient auch vor jeder Operation das Blut auf HIV und Hepatitis untersucht. Sollte nach einer OP ein Patient das Krankenhaus verklagen, weil eine Infektionserkrankung bei ihm festgestellt wurde, so können die Ärzte beweisen, dass diese Infektion bereits vor der Operation bestand. Somit ist die Klinik nicht mehr haftbar. Ätsch!

Herr Bader ist nicht besonders gut drauf heute. Ich spreche ihn laut und deutlich an, die Antwort jedoch bleibt aus. Vielleicht wissen die Kollegen ja Rat.

«Leute, der gefällt mir nicht. Sonst läutet der doch hundertmal am Tag und nun wird er kaum wach.»

Ich berühre seine rechte Schulter und spreche ihn nochmals laut an

«HERR BADER!»

Es folgt eine Reaktion. Ganz leises Gemurmel kriecht aus seinem Mund und seine Augen werden von ihm für wenige Sekunden geöffnet. Einen echten Blickkontakt kann ich in dieser kurzen Zeit natürlich nicht feststellen. Mir genügt diese Reaktion bei Weitem nicht, also rüttle ich fest an seinen Schultern und schreie ihn schon fast an.

«HERR BADER, KÖNNEN SIE MICH VERSTEHEN?»

Herr Bader bejaht dies mit schwacher Stimme.

«Was ist denn los mit ihnen? Geht es ihnen heute so schlecht?»

«Was? Ich verstehe nicht?»

Es liegt nicht an seinem Hörgerät, er kann mich nur sehr schwer verstehen.

«Also, er gefällt mir nicht!»

Ich lese den Monitor ab, an dem Herr Bader angeschlossen ist. Es gibt keine Auffälligkeiten. Besser gesagt, es gibt keine Neuigkeiten. Seine Herzfrequenz liegt schon seit Tagen unter dem üblichen Durchschnitt. Die O2 Werte klettern, nur mit 3-5 Liter zusätzlichem Sauerstoff, knapp über 90. Dies sollte sich im Sitzen wieder bessern. Also, alles wie immer.

«Geht er jetzt ein?»

Helga blickt besorgt, mit zwei Waschlappen bewaffnet, hinter einer der anderen Patientenkojen hervor.

«Ich hoffe, nicht heute.»

Meine Antwort klingt böse, ist jedoch äußerst ehrlich gemeint.

«Komm, wir setzen ihn mal richtig auf, vielleicht wird er ja besser.»

Raphael kommt mir zu Hilfe und bereits nach ein bis zwei Minuten sitzt Herr Bader schön aufgerichtet in seinem Bett. Die Lungenbelüftung ist von uns verbessert worden und er ist etwas stabilisierter. Eine deutlich merkbare Verbesserung bleibt jedoch leider aus. Wir sprechen den Patienten fast pausenlos laut und konkret an, eine echte Kommunikation ist immer noch nicht möglich. Zu schwach ist die Reaktion. Mir reicht es jetzt, ich verlasse den Raum wortlos und begebe mich auf die Suche nach einem Arzt. Den Anderen Bescheid zu geben wäre unnötig gewesen. Die Beiden sind ebenso Profis und sie kennen den Ablauf.

Die meisten Menschen denken, in einem Krankenhaus sollte es ein Einfaches sein, einen Arzt anzutreffen. Soweit zur Theorie! Vielleicht gehört auch dieser Irrglaube zum schlechten Image der Krankenpflege. Denkbare wäre es. Hier in unseren Breitengraden ist die Krankenpflege leider eine recht eingeschränkt agierende Berufsgruppe. In den meisten anderen europäischen Ländern wird diese Tätigkeit weit höher bewertet, vor allem in Osteuropa sind dies höchst angesehene Berufe. In der Schweiz und in England sind die Ausbildungen ebenfalls weit hochwertiger als hier in Österreich oder in

Deutschland. Von den Schwestern und Pflegern jenseits des großen Teiches, braucht man hier ja gar nicht einmal zu sprechen. Was kann der Grund dafür sein? Vielleicht die bessere Ausbildung und das breitere Aufgabenfeld. Je mehr ich als Krankenpfleger darf, umso weniger muss ich den Ärzten hinterherlaufen. Also kann ich schneller agieren. Immer wieder versuchen wir Pflegepersonen auch in diesem Stil zu arbeiten, erlaubt ist dies natürlich nicht. Und immer können auch wir nicht illegal arbeiten. Dazu fehlen uns natürlich die Kompetenzen. Normalerweise müssten wir für jede Tablette, sei sie auch noch so unwichtig, einen Arzt befragen. So funktioniert keine professionelle Krankenpflege, machen wir uns doch nichts vor. Nur alte und inkompetente Krankenpflegepersonen verstecken sich hinter diesen Ausreden. Die Ärzte sind doch froh, wenn sie nicht um drei Uhr früh geweckt werden, nur weil ein Patient Schmerzen hat, oder gerade erbricht. Auf Allergien achten, Wirkstoffgruppen nachlesen und schon sind die korrekten Mittelchen ausgewählt, auch ohne Studium. Und in der Früh sage ich dem Arzt, was er in den Unterlagen nachtragen soll. Fertig! So funktionieren Krankenhäuser, überall auf diesem Planeten. Wer es leugnet, lügt!

Sagt eine Pflegeperson zu einem Patienten den berühmten Satz, „ich hole einen Arzt", bedeutet dies in der Praxis folgendes. Die Pflegeperson geht aus dem Zimmer, fragt zufällig auf dem Gang befindliche Kollegen, ob sie denn wüssten, wo Herr oder Frau Doktor XY gerade sei. Nachdem die Kollegen verneinen, geht die Pflegeperson ins Ärztezimmer. Gerade auf einer Chirurgie ist dieses oftmals leer. Chirurgen haben die unangenehme Angewohnheit anstatt hier auf der Krankenstation zu sitzen, im OP ihren Doktorenkram zu erledigen. Außerdem könnten sie noch in der Ambulanz, im Röntgen, auf der Intensivstation, auf den Nachbarstationen, auf dem Klo, in der Mittagspause, in ihren Zimmern, oder einfach verschollen sein. Verschollen bedeutet, man versucht den Arzt, oder besser gesagt, dessen Pager zu erreichen und verzweifelt. Auch der dritte oder vierte Versuch den Arzt zu erreichen ist nicht von

Erfolg gekrönt. Es kommt kein Rückruf! Hin und wieder kommen sogar Rückrufe und der Arzt erklärt wütend, wegen dieser Lappalie komme er jetzt mit Sicherheit nicht auf die Station und schon gar nicht zu diesem Patienten. Oder es gibt telefonische Anordnungen, wie z.B.:

«Geben sie Frau XY eine Ampulle Dipidolor!»

Eine Anordnung per Telefon ist eigentlich keine erfolgte Anordnung. Nur im äußersten Notfall benötige ich keine schriftliche Bestätigung. Eine Schmerztherapie ist kein Notfall, daher darf ich per Telefon nichts annehmen. Der Arzt kennt das Gesetz, es ist ihm nur scheissegal. Weshalb dieses Gesetz? Viele Ärzte haben im Nachhinein schon eigene Anordnungen geleugnet und so die Pflege in ein mieses Licht gerückt. Um dem zu Entgehen, alles nur noch in schriftlicher Form. Jetzt habe ich folgende Möglichkeiten: ich gehe das Risiko ein und gebe das Medikament, ich streite weiter mit diesem Arzt, oder ich informiere den hierarchisch höher stehenden Arzt. Naturgemäß hat der Oberarzt keinerlei Interesse, aufgrund von Schmerzen, Blutungen oder Fieber gestört zu werden. Das geht ihm am Arsch vorbei. Nur bei völlig unfähigen Untergebenen wird der Boss hinzugezogen. Auch wenn ich den diensthabenden Arzt kenne, und ich seine Dummheit schon von weitem riechen kann und weiß, diese Pfeife kennt sich ohnehin nicht aus, ich muss ihn als erstes informieren. Ich berichte alles brav, ich höre seine Ratlosigkeit und merke, wie sein Gehirn zu rattern beginnt. Viele Jungärzte spielen vor den Schwestern und vor den Pflegern die coolen, smarten Sonnyboys. Idiotenärzte, die keinerlei Erfahrungen mitbringen, wollen uns erzählen, wie eine Klinik funktioniert. Lächerlich! Sollte ich doch einmal einen Oberarzt auspagern müssen, läuft so ein Gespräch meist gleich ab. Der Arzt meldet sich nach einigen Minuten mit gelangweilter Stimme. Er stellt sich nicht vor, er verkündet nur ein kurzes „Ja?". Die Situation wird ihm erklärt und es folgt seinerseits ausnahmslos immer die gleiche Frage. Nämlich, ob ich schon den Untersten, den Hilfsarzt, die

Mikrobe mit Doktortitel informiert habe. Automatisiert bejahe ich diese dumme Frage. Dann die Frage des Arztes: „Was hat der gesagt?". Wieder muss ich erklären und berichten! Wenn ich einen Arzt rufe, erwarte ich mir ein sofortiges Erschein des Gottes in Weiß. Keine Fragestunde! Der Oberarzt jedoch gibt den Versuch noch nicht auf, nicht kommen zu müssen. „Wieso weigert sich Doktor X zu kommen?", „Wieso macht das Doktor X nicht selbst?", alles zu oft gehörte Idiotenfragen! „Ja klar, ich komme!", hört man von Oberärzten reichlich selten. Dies hört man nur im Fernsehen. Schwarzwaldklinik, Doktor Frank, ER, Greys Anatomy, oder selbst Doktor House! Immer kommen die Oberärzte persönlich zu den Patienten. Die Menschen erwarten so etwas. Einzig eine Fernsehserie zeigt die Realität: SCRUBS – DIE ANFÄNGER! Hier werden die im Krankenhaus arbeitenden Personen überspitzt, jedoch real gezeigt. Ja, so sind wir hier! Nicht darüber lachen, das ist unser Leben!

Immer noch sind wir bei dem Telefonat mit Doktor Nummer Zwei. Ich muss mir Fragen, den anderen Arzt betreffend stellen lassen. Eine gute Pflegeperson hat also scheinbar nicht nur zu wissen wie es den Patienten geht, nein, sie soll auch erklären können, weshalb irgendein verschissener Arzt irgendetwas nicht tut, oder weswegen er jetzt nicht kommen möchte, oder ähnliches. Ich antworte auf diese Frage eigentlich meist wahrheitsgetreu mit den Worten, „Keine Ahnung, woher soll ich das wissen?". Der Arzt gibt einem dennoch das ungute Gefühl, etwas falsch gemacht zu haben. Mit etwas Glück, nimmt der Arzt jetzt dann doch noch die Sache in die Hand. Vom Verlassen des Patientenzimmers bis zu diesem Zeitpunkt vergingen bereits rund zehn Minuten. Die meiste Zeit wartet die Pflegeperson also auf Rückrufe, oder es gibt unzählige und unsinnige Diskussionen mit den Ärzten. Alles wird wiederholt und wiederholt und wiederholt und nochmals wiederholt. Bis der Arzt eintrifft, vergehen also zirka fünfzehn Minuten. In dieser Zeit hat der betroffene Patient sicher schon dreimal erneut geläutet und sich bei allen, inklusive Mitpatienten und Angehörigen, über die Pflegepersonen hier beschwert. Die Unfähigkeit, keinen Arzt holen zu können, wird zur Sprache gebracht. Wir sitzen ja sowieso den ganzen Tag herum, trinken Kaffee und rauchen. Soweit unser Image! Also auch der Patient gibt einem das gute Gefühl, etwas falsch gemacht zu haben. Von allen Seiten kriegen wir eine aufs Dach. Steht das in meiner Dienstbeschreibung? Wenn ja, ich habe es damals überlesen! Es kann nicht von mir verlangt werden, alles herunter zu schlucken. Ärzte schreien regelrecht mit mir, Patienten fordern ständig mehr und mehr und beschweren sich in einer Tour. Verbal wehren wird nicht gerne gesehen. Warum darf ich einem Arschlocharzt oder einem Arschlochpatienten nicht sagen, er sei ein Arschlocharzt oder eben ein Arschlochpatient? Es wird Zeit für mehr direkte, zwischenmenschliche Ehrlichkeit in der Pflege!

Nicht selten erscheint jedoch keiner der Ärzte auf der Station. Oberärzte sind Helden. Sie denken dies zumindest. Auch ich würde mich von dem Einen oder Anderen operieren lassen, aber kommunizieren kann man mit diesen Charakterköpfen nicht. Patienten sind Waren, mehr nicht. Vielleicht sind einige der Kranken noch perfekte Studienobjekte. Als „zur Schau Stellung" ideal geeignet. Die Studenten stürzen sich auf solche Patienten, wie die Geier auf verfaulte Kadaver.

Erscheint kein Arzt auf der Station, betritt anstelle des Studierten, ein Pfleger erneut das Patientenzimmer. Der Oberarzt hat nämlich entweder ausrichten lassen, der Unterarzt wird sich schon später um alles kümmern, oder er teilte mit, irgendwann später beim Patienten vorbei kommen zu wollen. Eine routinierte Pflegeperson weiß nun folgendes: weder der diensthabende Arzt, noch der Oberarzt wird sich heute hier in der Nähe des betroffenen Patientenzimmers blicken lassen, sogar große Umwege werden, um dieses zu erreichen, in Kauf genommen. Kein Patient ist mit dieser Information zufriedengestellt und ein neuer, sogenannter Dauerläuter ist geboren. Dutzende Male wird der Patient von nun an nach Hilfe läuten, nur um jedesmal nach dem Arzt zu fragen. Natürlich sind wieder wir Pflegepersonen schuld daran, wenn der Oberarzt nicht erscheint. Mit Sicherheit haben wir ihn ja nicht einmal verständigt. Scheiß rauchendes und kaffeetrinkendes Pflegepack!

Ich habe heute jedoch Glück. Es ist zwar kein Arzt anwesend, es meldet sich aber schnell einer der Jungärzte am Telefon. Schnell kommt er zu Herrn Bader, muss jedoch bald zugeben, überfordert zu sein. Ratlosigkeit ist im Zimmer spürbar. Im Geheimen danke ich dem Arzt für seine Ehrlichkeit. Nicht viele sind groß genug, um Unwissenheit zuzugeben. Die meisten Kollegen von ihm würden ewig herumdoktern, um letztlich zu keinem Ergebnis zu kommen. Der Arzt bittet mich, Dr. Sandy zu rufen. „Bitten", ist wohl etwas zu viel gesagt, vielmehr brüllte er in meine Richtung nur den Namen der Ärztin. Viel freundlicher spricht er mit Nichtakademikern eigentlich nie. Fairerweise ist er aber auch zu Patienten niemals freundlicher. Das macht alles etwas erträglicher. Helga und Raphael sind mit den anderen Patienten bereits fertig und helfen mir. Drei Pflegepersonen sind für meinen Geschmack jedoch zu viele. Hier ist es ja zu keinem Notfall gekommen, ein Patient hat sich lediglich verschlechtert.

«Raphael, du kannst gerne schon die Dokumentationen schreiben, Helga kann mir ja noch etwas helfen.»

Die Dokumentation ist zwar meist meine Arbeit, ich gebe die Arbeit aber auch gerne ab. Blöder Schreibkram! Alles wird zu Tode dokumentiert. Jede Kleinigkeit muss in den Unterlagen zu finden sein. Hier bei uns fehlt eigentlich immer irgendetwas. Dies stört zum Glück keinen. Vielleicht wird es ja in einigen Jahren echte Kontrollen geben, bisher kann man mit dieser unordentlichen Arbeitsweise super leben. Kurven ausarbeiten! So nennen wir Pflegepersonen die Arbeit der Dokumentation. In den Patientenunterlagen gibt es ein großes Blatt namens „Fieberkurve". Namensgeber dieses Blattes ist tatsächlich die gemessene Körpertemperatur. Tagtäglich wird die gemessene Temperatur in einen Raster eingezeichnet. Diese Punkte werden anschließend miteinander verbunden und es erscheint eine mathematische Kurve. Natürlich könnten wir alle auch die Werte numerisch dokumentieren, die bisherige Methode ist letztlich aber übersichtlicher. Helga ist nicht berechtigt die Schreibkramarbeit zu erledigen. Sie, als Pflegehelferin, darf weniger als andere. Die Welt ist nicht fair, aber so ist sie nun einmal. Pflegehelfer haben bei weitem nicht das Ausbildungsniveau genossen, welches diplomiertes Pflegepersonal vorweisen kann. Viele sind dennoch fähiger; sie können mit Patienten oftmals besser umgehen, als die Anderen. Ich möchte nicht einmal mit jedem Patienten gut umgehen können. Ohne Patienten wäre es hier auf der Station erträglicher und schöner. Nur noch einige Mitarbeiter in den Müll geworfen, schon wäre es ein traumhafter Beruf. Helga ist weiters sehr reizvoll. Ich liebe ihren Tiroler Dialekt und in ihrer Nähe fühle ich mich von ihr angezogen wie von einem Magneten. Vielleicht kommt ja eines Tages meine Chance, vielleicht landen wir ja doch einmal gemeinsam im Bett. Dann aber nicht nur kuschelkuschelkuschel! Warum konnte ich bisher noch nicht bei ihr landen? Kennt sie mich schon zu gut? Erst vor kurzem hatte ich ein sexuelles Erlebnis mit einer anderen Schwester und sie weiß es. Naja, ich kann mein Image ja vielleicht noch retten, irgendwann einmal.

Während meine Kollegin beim Patienten wartet, rufe ich rasch Dr. Sandy. Nach wenigen Minuten kommt sie auf die Station und betritt das Patientenzimmer. Sie kennt Herrn Bader sehr gut, sie war bei seiner Operation anwesend. Ich glaube, sie durfte sogar mitentscheiden und selbst Hand anlegen. Dr. Sandy steht neben dem Patientenbett und sie betrachtet Herrn Bader. Auch nach Minuten kann sie noch nichts Beunruhigendes entdecken. Ich blicke ihr tief in die Augen.

«Clara, er ist deutlich schlechter als gestern!»

Sie spricht ihn an, laut und deutlich. Die Reaktion genügt ihr nicht, also wird Herr Bader angebrüllt, mit den wunderschönen Fingern der Ärztin wird sein Oberkörper gebeutelt und geschüttelt. Er öffnet kaum seine Augen und schnarcht laut hörbar. Kein gutes Zeichen! Seine rechtsseitige Parese hat sich scheinbar binnen weniger Minuten zu einer kompletten Plegie ausgeweitet. Die Sauerstoffsättigung sinkt unter 85%. Nicht beunruhigend, jedoch sollte der Grund hierfür doch mal rasch gefunden werden. Die Ärzte beratschlagen sich leise. Laut aussprechen möchte seine Vermutung keiner, daher das blöde Geflüster. Selbstbewusste Ärzte flüstern nicht. Die echten Götter in Weiß sagen lautstark ihre Meinung und verschwinden gleich wieder. Aber die Beiden sind noch nicht so weit. Helga fragt mich, ob sie den Notfallwagen reinführen soll. Mit einem breiten Grinsen verneine ich. Sie sieht irritiert aus, trotzdem bleibe ich bei meinem Nein! Notfallwägen sind unnötige Erfindungen. Auf jeder halbwegs vernünftigen Krankenstation steht irgendwo so ein Ding herum. Es ist ein prall gefüllter Wagen, voller Medikamente und ähnlichem. Auch Spritzen, Kanülen und Intubationsbestecke kann man auf diesem Wagen finden. Wir benötigen diesen Karren eigentlich so gut wie nie. Alte, unsichere Idiotenschwestern schleppen bei den kleinsten epileptischen Anfällen dieses riesige Ding in die Patientenzimmer. Dann steht es dumm im Weg herum! Eigentlich sollten auf, und in diesem Wagen, alle Utensilien zu finden sein, die ich bei einer Reanimation benötige. Jetzt wäre es nur noch schön, auch zu wissen, wo ich was finden kann und wozu dies benötigt wird. Etwa alle sechs Monate sieht sich jeder Mitarbeiter diesen Wagen näher an, um auf dem Laufenden zu bleiben. Sinnlos! Stirbt ein Patient wird sofort das Notfallteam im Haus informiert und die Reanimation wird begonnen. Das Notfallteam, auch Herzalarmteam genannt, erreicht in wenigen Minuten jeden Exitus hier im Hause. Sie hetzen durch die Stiegenhäuser und rennen die langen Gänge entlang. Achtung bei den Ecken! Dem Team wird gelehrt niemals an der Wand entlang zu rennen, sondern immer schön in der Mitte des Ganges zu bleiben, um nicht mit Personen zu kollidieren die den Weg kreuzen könnten. Auch wenn man ums Eck laufen möchte, bietet sich der Mittelweg an. Zu viele Krankenliegen, Kisten, Monitore, oder andere unnötige Dinge könnten böse Stürze heraufbeschwören. Und wem nutzt ein verletztes Notfallteam? Wenn dieses Team bei dem Toten eintrifft, übernimmt es sofort das Kommando. Sie haben eigene Erste-Hilfe Taschen mit und kennen sich mit all den Präparaten hundertprozentig aus. Bis zu deren Eintreffen sind wir am Reanimieren. Sind wir gut gewesen, hat der Patient eine Chance, scheissegal ob wir uns mit unserem Notfallwagen auskennen, oder nicht. Manche Stationen schaffen es auch beim Anblick eines eiskalten und stocksteifen Patiententoten noch das Herzalarmteam zu rufen. Aus Feigheit! Sollten die Pflegepersonen zugeben, schon viele Stunden nicht mehr nach den kritischen Patienten gesehen zu haben? Viel zu gut war das Fernsehprogramm oder die Pokerrunde. Also, vergesst die Kranken. Aber so kann schon mal einer versterben und das Notfallteam erkennt so etwas sofort. Das sind ja keine Idioten. Ob das diensthabende Pflegeteam angezeigt wird oder nicht, entscheidet der Oberarzt. Zeigt der niemanden an, gibt es einen Toten mehr in der Statistik und fertig. Viele Menschen da draußen wollen es niemals wahrhaben, aber JA: In Krankenhäusern dürfen Menschen auch versterben. Viele sind der Meinung jeder könnte gerettet werden und nur die Ärzte oder Schwestern wären schuld, wenn der Angehörige krepiert. Irrtum Leute!

«Clara, sollten wir nicht rasch ein CT machen?»

Dr. Sandy gibt mir recht, verlässt gemeinsam mit dem anderen Arzt das Zimmer, um das Röntgen zu informieren. Von nun an ist alles reine Routine. Der große Monitor wird gegen einen kleinen mobilen Monitor getauscht, eine tragbare Sauerstoffflasche wird am Bettende angebracht, und die Sauerstoffmaske wird eben dort angeschlossen. Nun nur noch die Glocke vom Bett entfernen und los geht's. Normalerweise könnte man nun einen Patiententräger informieren. Verlorene Seelen wandern tagein tagaus durch die langen, endlosen und verlassenen Gänge des Krankenhauses. Deren einzige Aufgabe besteht darin, Patienten von A abzuholen und sie nach B zu bringen. Hin und wieder danach auch noch zu C. Aus! Mehr ist nicht. Doch nachdem die Träger gerufen werden, warten wir auf der Station zwischen zehn und dreißig Minuten. Selbst bei der Angabe „Notfall" dauert es mindestens zehn Minuten. Als Träger arbeiten neben Zivildiener noch schlecht Vermittelbare. Keine besonders engagierten Mitarbeiter. In jedem Fall ist es also bei einem akuteren Fall ratsam, selbst das Bett zu schnappen und loszurennen. Außerdem befindet sich das Röntgen nur zwei Stöcke unter unserer Station. Helga und ich sind also die nächste Zeit nicht auf der Station zu finden. Wir spielen Patiententräger.

Wir kommen im Röntgen an, nun wird der Patient auf die CT-Liege gehoben. Wir schnappen uns das Leintuch und los geht's. Rüber mit ihm! Jetzt spielt die Röntgenassistentin mit und schnallt Herrn Bader fest. Jetzt sollte nichts mehr passieren dürfen. Wir verlassen alle den Röntgenraum und gehen ins Nebenzimmer. Die bekannten Röntgenstrahlen sind der Grund. Durch eine Fensterscheibe und einem Mikrofon sind wir mit dem Patienten weiter verbunden. Das CT kann beginnen. Sekunden nach dem Aktivieren des Röntgengerätes beginnt der Patient auf der schmalen Krankenliege zu krampfen. Ein generalisierter Krampfanfall macht die Situation gefährlich. Normalerweise ist dies keine besondere Sache, doch bei Herrn Bader kann dies in dieser Situation lebensgefährlich werden. Noch dazu hier, nur minimal fixiert. Ein Sturz von dieser Liege wäre vielleicht nicht tödlich, starke Verletzungen wären aber in jedem Fall zu erwarten.

Bei einem Anfall wissen Helga und ich sofort was zu tun ist, nur leider hat die anwesende Röntgenassistentin nicht so viel Erfahrung. Ein krampflösendes Mittel müsste innerhalb weniger Minuten injiziert werden. Leichter gesagt als getan. Wäre dieses Mittel hier verfügbar, würden die Chancen für Herrn Bader merklich steigen. Auch ein Arzt sollte für die Verabreichung anwesend sein. Doch soviel Glück auf einmal kann man ja nicht erwarten, oder? Wenigstens verordnen sollte jemand dieses Medikament. Die Röntgenassistentin besorgt nicht nur ein mobiles Telefon, sie ruft auch sofort den Arzt und dieser erscheint wenige Minuten später. Wenige Minuten sind bei einem Anfall leider meist zu viele vertrödelte Minuten. Wartet man zu lange, ist der Anfall oft schon von alleine wieder vorüber. Herr Bader hat den Anfall hinter sich, ist jetzt aber wie erwartet noch viel geschwächter wie zuvor und antwortet überhaupt nicht mehr. Von weckbar kann auch keine Rede mehr sein, er öffnet ja kaum noch die Augen. Um nun endlich eine CT Untersuchung durchführen zu können, muss der Patient logischerweise ruhig liegen bleiben können. Ein zweiter Versuch wird gestartet. Eigentlich bin ich ganz froh hier zu sein und nicht auf der Station herumzuhängen. Hier ist es weit spannender, ich könnte wirklich gebraucht werden. Auf der Station versäume ich Schreibarbeiten und verdammte Patientenglocken. Harnflaschen gehören geleert oder die Rückenlehnen wollen verstellt werden. Natürlich kann sich auch die Chefin wieder einmal idiotische Dinge einfallen lassen, nur um uns hier in diesem Job zu quälen. Da bin ich doch viel lieber hier und habe meine heilige Ruhe. Außerdem kann ich so der Helga unbeobachtet auf den geilen Arsch starren. Das nenne ich einen tollen Arbeitstag.

Das Röntgen scheitert erneut. Schon wieder zeigt sich ein schwerer Krampfanfall. Diesmal weit intensiver als zuvor. Der Arzt, Helga und ich laufen zu Herrn Bader. Wir haben endlich eine Ampulle Rivotril bei der Hand, die Nachbarstation hat uns eine gebracht. Ich ziehe den Inhalt in eine 2ml Spritze auf und überreiche das Ganze dem Arzt. In der Zwischenzeit macht mich Helga auf den Mund des Patienten aufmerksam. Ich sehe nur noch Speichel. Überall rinnt die Sauce herab und wenn wir nicht aufpassen, erstickt uns der Kerl hier. Absaugen wäre wohl sinnvoll und auf meiner Heimatstation auch sofort erledigt, doch wir befinden uns hier auf fremdem Gebiet. Hier kenne ich mich nicht aus. Ich benötige Hilfe von der Röntgenassistentin. Den mobilen Absauger habe ich schnell bekommen, doch ich kann nicht weiterarbeiten. Gütiger weise ist das

Gerät am Netzstecker angeschlossen und es läuft lautstark, jedoch finde ich keine verdammten Absaugschläuche. Ich suche und suche und suche und suche und suche. Keine da! Erneut schreie ich nach der Röntgenassistentin.

«SONIA, WO SIND DIE SAUGER?»

Sonia blickt vollkommen ratlos zu mir herüber.

«Müssen alle da sein!»

«Wo ist da?»

«Na, hinter dem Apparat!»

«Los, komm einfach her und gib sie mir. Ich habe keine Zeit zu suchen. Du kennst dich hier ja wohl besser aus als ich!»

Sonia geht zum Gerät und sucht alle Seiten ab. Sie sucht ewig herum und schafft es nicht zuzugeben, einfach keine zu finden. Hier liegen nirgendwo welche. Sie sind aus! Wenn nicht sofort Absaugschläuche auftauchen, war es das. Dann kann der Anästhesist zu intubieren beginnen. Herr Bader krampft nun trotz der Medikamente fast pausenlos weiter. Er verschlechtert sich von Minute zu Minute, ja beinahe schon von Sekunde zu Sekunde. Ich habe so einen Zustand schon so oft gesehen, daher kann ich Ruhe bewahren. Ein Anfänger wäre wohl rasch überfordert. Nun brodelt der Patient auch schon laut beim Atmen. Ein Zeichen dafür, die Lungen voller Flüssigkeit zu haben. Das Atmen ist für ihn also bereits erschwert. Alles wartet auf meinen Absaugvorgang. Ich auch, denn ich warte immer noch auf den scheiß Absaugschlauch. Sucht Sonia überhaupt noch? Keine Ahnung, ich sehe sie gerade nicht. Der hier herum hampelnde Arzt verliert langsam die Geduld und beginnt plötzlich mich anzubrüllen.

«LOS, ABSAUGEN! WIE LANGE MUSS ICH DENN NOCH WARTEN?»

Es wäre nun zwar korrekt, dem Idioten zu erzählen, niemand kann irgendjemanden hier absaugen, da kein Absaugschlauch vorhanden ist, weil nämlich die bescheuerte und völlig unfähige Röntgenassistentin zu dumm ist, neue Schläuche zu besorgen und sie es ebenfalls nicht zu Stande bringt, nachzufragen, wo sie welche finden könne, dies alles wäre aber sinnlos. Arschlochärzte fragen nicht nach, unbedingt merken! Für diesen Herrn Doktor ist alleine der Pfleger schuld, immerhin steht ja der neben dem Gerät mit dem Sauger in der Hand. Und weshalb tut er nichts? Typisch Pflegepack! Wichtigtuer, aber wissen tun die alle miteinander nichts. Nach der zweiten Ermahnung des Idioten gebe ich dann aber doch zu bedenken:

«Hier sind keine Sauger!»

«Dann holen sie doch endlich welche, sehen sie denn nicht, wie es dem Patienten geht?»

Arschlocharzt! Nicht einmal angesehen hat er mich seit den letzten Sätzen. Es ist ihm auch völlig egal, wer schuld hat. Er muss nur alles an einem auslassen. Und für solche Situationen sollen immer wieder die Pflegepersonen herhalten. Nicht mit mir du…. Arschlocharzt!

Nachdem alle Versuche dem Patienten zu helfen fehlgeschlagen sind und nach sehr langer und nervenaufreibender Suche letztlich von einer Putzfrau ein steriler Absaugschlauch gefunden wurde, wird Herr Bader doch noch intubiert. Anschließend wird er verständlicherweise auf eine Intensivstation transferiert.

Horst-Paula Syndrom

Ich sitze gemeinsam mit Leah, Irene und Raphael im Arbeitsraum, Herr Bader befindet sich nun schon seit mehr als einer Stunde auf der Intensivstation. Dreimal kamen bisher auch schon Anrufe von der Intensivstation. „Wann war der erste Anfall?", „Warum ist der Katheter schon so alt?", „Hat er heute schon gegessen?" Meine Güte, vergesst es, lasst uns damit bitte endlich in Ruhe. Jedesmal kommen unterschwellige Vorwürfe von der Intensivstation. Wirklich ernst nehmen darf dies eine Pflegeperson nicht, wir alle würden verrückt werden oder irgendwann Amok laufen. Wenn man sich die Berichte und Dokumente der Patienten auf der Intensivstation ansieht, könnte man mit großer Lust im Schwall erbrechen. Hier findet man einfach nichts. Aber wenn wir auf der Bettenstation etwas vergessen oder etwas nicht dokumentieren, scheißt man uns auf den Kopf. Arschlochintensiv!

Seit Herr Bader weg ist, herrscht hier bei uns Ruhe. Leah und Irene haben es tatsächlich geschafft, die Patienten auf deren Seite zufrieden zu stellen. Ob sie wirklich zufrieden sind, ist bei näherer Betrachtung jedoch äußerst fraglich. Irene hat es Zustande gebracht, alle Anliegen und Beschwerden zu überhören, trotzdem aber gleichzeitig mit keinem wirklich zu reden. Leah hat wie immer gehandelt. Alle Patienten wurden vollkommen zugetextet, zugehört hat sie also ebenfalls niemandem. Hauptsache sie waren in allen Zimmern, haben alle Betten neu überzogen und alle Patienten haben neue und saubere Nachthemden an. Wünsche wurden ignoriert, Fragen, wenn überhaupt, unzureichend oder falsch beantwortet und in allen Zimmern wurden Gotteslieder gesungen. So ein feines „Ave Maria" während des Bettenmachens kann einen Patienten mit einem bösartigen Hirntumor schon stark verunsichern. Egal, die Beiden freuen sich und denken, ihrem Gott etwas näher zu sein. Seelig sind die geistig Armen! Einem Patienten hat Leah sogar einen Tag zu früh den Dauerkatheter entfernt. Sie hat nur kurz die Unterlagen überflogen ohne richtig nachzulesen. Der Patient darf erst morgen aufstehen, daher sollte der Katheter auch bis morgen belassen werden. Nun darf der gute Herr einen Tag und eine Nacht lang in eine Harnflasche pinkeln. Der Herr hat leider nur noch einen Unterarm und nebenbei Morbus Parkinson. Naja, mir egal. Selbst wenn der Kerl vollgepisst in seiner warmen Suppe liegt, das Bett können die beiden Idiotinnen selber neu beziehen und auch das Trockenlegen überlasse ich denen gerne.

«Gehen wir nach dem Dienst auf ein Bier?»

«Sieh mich an, das halt ich doch heute nicht mehr aus.»

Raphael versucht mich nochmal zu überreden.

«Ach Komm, wir waren schon lange nicht mehr gemeinsam fort.»

«Lass uns eine rauchen gehen.»

Ich stehe auf und deute kurz in Richtung Türe. Wir beide gehen in den Aufenthaltsraum, der glücklicherweise menschenleer ist. Wenn ich Raphael schon die Wahrheit über letzte Nacht berichte, dann sicher nicht vor all den Anderen. Wir sitzen mit Kaffee und Zigaretten beisammen und ich beginne zu erzählen.

«Ich war letzte Nacht schon wieder einmal unterwegs. Aber das soll keiner erfahren.»

«Dacht ich mir schon. Aber ich glaube Paula denkt sich auch schon so etwas.»

«Meinst du?»

«Sie hat deine Story nicht abgekauft. Da Wette ich!»

«Ist mir egal, was soll sie denn tun? Ich war pünktlich hier, oder? Ich reiße mich auch zusammen. Am liebsten würde ich einfach wegpennen. Darum kann ich heute nicht mehr saufen gehen. Wenn ich hier weggehen kann, lege ich mich schlafen und fertig.»

«Vielleicht überlegst du es dir ja noch.»

Marianne betritt den Raum. Um nicht sofort mit ihr quatschen zu müssen greife ich mit flottem Griff zur Fernbedienung und aktiviere den Fernseher. So ein kleiner Apparat verkürzt so manchen Nachtdienst ungemein. Die Chefin sieht es zwar nicht gerne, aber an ruhigen Tagen kann es schon einmal vorkommen, dass der Fernseher bereits vor dem Mittagsessen aktiviert wird. Heute muss es sein! Bei jungen Mitarbeitern liegen die diversen Musiksender voll im Trend. Nicht unbedingt wegen der Musik, nur bei diesen Sendern ist es nicht so wichtig, alles mitzukriegen. Bei Filmen möchte man ja nichts verpassen. Ältere Semester lieben so Kotzproduktionen wie Donau-Alpen-Adria oder ähnliches. Jetzt wird auf jeden Fall GO-TV aufgedreht. Es läuft gerade das geniale Video zu „3 Tage wach". Eines der wenigen Musikhighlights des Jahres. 2008 ist ja musikalisch nicht viel mehr Positives zu erwähnen, zumindest nicht was die Charts betrifft. Abgesehen von einem deutschen Musiker namens Peter Fox! Dieser steht in diesem Jahr wohl über allem. Leider gibt es hier im Aufenthaltsraum keinen PC, somit gibt's keine MP3´s zum Anhören. Das werde ich hier wohl niemals erleben. Aufgrund der lauten Musik fühlt sich die verlegen grinsende Stationsschwesternvertretung zumindest dazu verpflichtet, einen Kommentar abzugeben. Man übt ja schon einmal für künftige Berufsziele.

«Na, da ist ja eine richtige Party bei euch.»

Wir Beide lächeln müde zurück und versuchen nicht weiter zu reagieren. Raphael und ich blicken nur in den Fernseher. Marianne erhoffte sich doch eine etwas untergebenere Reaktion von uns. Wir mussten sie enttäuschen. Manche Menschen besitzen dieses „Chefige", Marianne wie immer nicht!

«Seit ihr auf der kurzen Seite?»

Sie fragt mit einer absichtlich weit lauteren Stimme als zuvor, um auf den für ihren Geschmack viel zu dröhnenden Fernseher hinzuweisen.

«Ja.»

Die Antwort ist ebenso unnötig, wie auch die vorangegangene Frage, denn spätestens seit dem Zwischenfall mit Herrn Bader, oder eigentlich ja schon seit dem angekackten alten Richter, weiß jeder, wer für diese Zimmer zuständig ist. Weshalb sollten wir Beide denn sonst mit dem alten Sack duschen gehen und weshalb sollte ich denn sonst mit Helga runter ins Röntgen fahren? Na also! Es war eine rein rhetorische Frage, mehr nicht. Wieder ein Zeichen der unglaublichen Unsicherheit. Gnädiger weise schnappt sich Raphael die Fernbedienung und dreht etwas leiser. Zufrieden blickend setzt Marianne ihren Text fort.

«Ihr habt Glück! Nur auf Zimmer 3 kommt bei euch eine Aufnahme. Auf der langen Seite sind es Zwei. Eine Übernahme von der Intensivstation und eine Neuaufnahme.»

Mich interessieren die Aufnahmen der anderen Seite nicht. Irene und Leah werden sowieso wieder in Stress geraten. Vor allem Leah ist immer überfordert. Sie wird, wie immer, tausend Dinge beginnen und mit nichts richtig fertig werden. Und wie immer wird keiner der beiden Leitungen es merken, oder etwas sagen. „Sie ist halt so." Diesen Unsinn höre ich viel zu oft.

«Passt!»

«Haben wir ja Glück gehabt.»

Wir freuen uns.

«Ihr bekommt einen Diskus!»

Solange der Patient noch nicht auf der Station angekommen ist, ist uns meist nur die Diagnose bekannt. Also bedeutet der Hinweis „Diskus" nicht, ein altes griechisches Sportgerät wird wegen einer schweren Erkrankung aufgenommen, sondern ein Patient mit einem Diskusprolaps, auf Deutsch „Bandscheibenvorfall", wird erwartet. Wir Pflegepersonen neigen ebenso wie Ärzte dazu, nach einiger Berufserfahrung, nur noch medizinische Ausdrücke zu verwenden. Manchmal vergessen einige von uns sogar den deutschen Ausdruck von diversen Organen oder Krankheiten. Peinlich, jedoch kommt dies wirklich vor. Man steht vor einem Patienten und spricht ständig von der Pankreas. Ich selbst erwarte auch von meinem Gegenüber dieselben Kenntnisse. Ist natürlich völliger Quatsch. Wenn ich einen Elektriker oder einen Installateur kommen lasse, verstehe ich überhaupt nichts und ich ärgere mich jedesmal. Schelle, Klemme, Holländer, Isolierung, Drehzahlsteller, Brücke, schrecklich, schrecklich, schrecklich, Hilfe, Hilfe, Hilfe. Und jedesmal setzt der Handwerker vokabularisches Vorwissen heraus. Meist tue ich so, als ob ich mich auskennen würde und ich nicke wissend. Manchmal denke ich, Handwerker machen sich regelmäßig über mich lustig. Sie sprechen mit Kollegen irgendeinen Kauderwelsch und ich tue so, als ob ich alles verstehen würde. Sie kreieren irgendwelche Kunstwörter und ich falle darauf herein. „Kennen sie das hellgrüne K1Z45 Kabel samt Gummimanschette, die sollte überall eingesetzt werde dürfen, aber dazu bräuchten wir den Change-12 Bescheid." „Ja, ja, klar, das wäre wirklich toll." Und schon wieder bin ich reingelegt worden! Peinlich! Nächstes Mal rufe ich wohl einen anderen Elektriker. Hier in Wien gibt es ja einige, da kann ich mich noch sehr oft bloßstellen lassen.

«Dann wird das heute ja ein gemütlicher Nachmittag.»

Meine Wortmeldung wird von Marianne eher skeptisch aufgenommen.

«Aber ihr könnt ja den Beiden drüben helfen, wenn ihr Zeit habt.»

Klar helfen wir Kollegen, wenn sie uns brauchen. Manchen mehr, manchen weniger! Es sollte keine allzeit gültige Trennung zwischen der kurzen und der langen Seite geben. Bei normalen Mitarbeitern gibt es überhaupt keine Probleme und keine Fragen diesbezüglich. Hier auf der Chirurgie arbeiten aber eigenartige Spezialfälle. Drei Krankenschwestern benutzen immer wieder Sätze wie: „Ich bin ja schon so alt!", „Mein Blutdruck ist zu hoch!", „Dieser Beruf macht mich körperlich kaputt!". Alles Klassiker! Blickt man in den Dienstplan und erkennt diese Kollegen in einer Reihe mit seinem Namen stehen, kann man gerne Gefühle wie Verzweiflung aufkommen lassen. An solchen Tagen muss man die komplette Verantwortung des Tages übernehmen. Keine weitere Hilfe von den Verlierern. Sogar auf schwangere Kolleginnen, die illegal Nachtdienste schieben, muss man acht geben. Die erklären einem dann, dass sie natürlich beim Lagern der fetten Alten auf Zimmer 6 nicht mithelfen könnten, das wäre ja ein zu hohes Risiko. Aber auf die Kohle möchte diese dumme Kuh nicht verzichten. Es soll sogar Leitungen geben, die dieses decken! Die Welt ist scheiße, und ich stecke mittendrin. Irene ist auf jeden Fall eine faule „Ichbinschonsoalt"-Schwester. Und Leah? Sie ist jung und zu nichts nütze. Labernlabernlabernlabern! Und das den kompletten Tag. Der Inhalt ihrer Sätze erinnert mich ständig an lauwarm Erbrochenes mit vielen Stückchen drin. Aber arbeitstechnisch ist sie ein dummes Tier. Obwohl ich kein Tier beleidigen möchte, indem ich es mit dieser Fotze vergleiche. Eine Beleidigung für jede existierende Mikrobe und Amöbe. Ich hasse sie! Es ist nicht nur Ablehnung, nein, es ist echter Hass! Unmengen von Tätigkeiten werden angefangen, halb beendet, und trotzdem nie wieder aufgenommen. Die Arbeiten stecken noch dazu voller Fehler. Fachlich ist sie peinlich. Man sollte sie niemals zu Patienten stecken dürfen. Nicht dieses frigide Mädchen. DAS IST SIE! Ein seit Ewigkeiten nur in Gott verliebtes, lebens- und fickunfähiges kleines Mädchen mit Zöpfchen und rosa Strumpföschen. Natürlich blickdicht! Ihr Körper kann nur von einem ebenso Gläubigen geöffnet werden. Ein normaler Christ wäre zu wenig für sie. Nur ein Besessener darf sie einmal im dunklen, und nur zum Zwecke der Fortpflanzung, ohne Spaß an der Sache penetrieren. Sie möchte einmal drei Kinder haben, also darf er vielleicht nie mehr als zehnmal mit ihr bumsen. Ohne Gestöhne! Wer sollte sich dafür opfern?

Solchen Personen sollten wir helfen? Nein Danke! Ich habe keinen Bock darauf immer wieder andere zu decken und deren Verblödung und Faulheit zu kompensieren. Ich bin eindeutig der Faulste hier, jedoch hat mein „Nichtstun" System, während die meisten Anderen stümperhafte Lehrlinge auf diesem Gebiet sind. Zu Faulheit gehört Köpfchen! Das fehlt vielen hier. Vor allem diesen drei Spezialfällen. Heut, mit meinem blauen Auge und dem Kater im Nacken, ist wohl nicht der richtige Tag, Marianne alles von der Idiotin zu berichten. Raphael ignoriert den letzen Satz von Marianne genauso schweigend wie ich.

Paula betritt den Aufenthaltsraum, setzt sich an meine Seite und spricht mich mit ernster Miene und strengem Ton an.

«Wir sollten uns nach dem Mittagessen zusammensetzen.»

«Worum geht es denn?»

«Das sage ich dir nachher!»

Du Riesenarsch, rede doch endlich mit mir. Wäre ich doch daheim geblieben. Auch wenn Paula noch nichts direkt anspricht, wahrscheinlich betrifft es meine Arbeitseinstellung. In den letzten sechs Monaten überzeugte ich nicht gerade. Oftmals kam ich zu spät, oder in recht heruntergekommenem Zustand. Acht Tage Bart, nach Bier stinkend und vollkommen übermüdet. Ich solle meinen Beruf ernster nehmen. Bereits zweimal war ich deshalb schon in Paulas Büro und konnte mir eine Predigt anhören. Eintageskrankenstände waren ebenfalls Programm. Immer wieder sagte ich, ich würde mein Leben ändern und alles überdenken. Natürlich war alles gelogen. Jedes Wort meinerseits. Es ist mir einfach scheissegal! Ich werde heute also wieder ein Versprechen loswerden müssen. Ich werde wieder in ihre Augen blicken und Besserung schwören und wahrscheinlich werde ich in den nächsten Tagen etwas weniger feiern. Zumindest nehme ich mir dies nun einmal vor. Der Rest wird sich ja zeigen. Wenn ich wieder einmal Volltrunken um vier in der Früh an einer Bar verrotte, werde ich meine Vorhaben und Versprechungen mit hundertprozentiger Sicherheit schnell wieder verdrängt haben, bis zum nächsten Termin bei Paula. Noch nehme ich mir vor, schlafen zu gehen. Um fünf Uhr früh wird die Entscheidung gefällt, durchzumachen. Erst um fünf Uhr dreißig und einem weiteren Ottakringer wird es deutlich. So kann ich nicht arbeiten gehen. Was soll ich dann machen? Völlig besoffen anrufen um mich krank zu melden, oder einfach gar nicht kommen? Letzteres habe ich ebenso schon praktiziert. Damals wurde ich von der Polizei recht unsanft geweckt. Zwei Polizisten betraten meine Wohnung um halb zwölf Uhr mittags, ich war wohl nicht mehr in der Lage die Wohnungstüre zu verschließen. Ich lag nach einem feuchtfröhlichen Partyabend tief schlafend auf dem Vorzimmerboden. Weiter kam ich wohl damals nicht mehr. Es war peinlich, so geweckt zu werden, ich war von oben bis unten mit alkoholgetränkten Kleidungsstücken bedeckt. Ausziehen schaffte ich wohl noch, nur benutzte ich den Dreck, um mich zuzudecken. Der Gestank von Alkohol, Schweiß und Mundgeruch war nicht eben sehr einladend. Für die Polizei reichte es aber. Ich sollte, laut meiner Retter, in der Arbeit anrufen. Kleinlaut und mit enormen Kopfschmerzen tat ich dies. Rund drei Stunden später war ich in der Arbeit. Meine Produktivität an diesem Tage hielt sich klarerweise in Grenzen. Und so werden höchstwahrscheinlich die nächsten Jahrzehnte ins Land gehen und nichts wird sich ändern. Noch mit fünfzig werde ich monatliche Termine bei Paula haben. Sie wird zwar schon steinalt und selbst inkontinent sein, mir zuliebe bleibt sie aber hier. Unsere Hassliebe ist von nichts und niemandem zu toppen. Wir werden in die Geschichte der Krankenpflege eingehen. Noch in vierhundertfünfzig Jahren wird man vom Horst-

Paula-Syndrom hören und meine Faulheit wird als Morbus Buhtke erkannt und behandelbar sein. Zwar nur mit schweren Psychopharmaka, aber weshalb sollte ich unzufrieden sein. Dann erst habe ich es geschafft, ich bin am Ziel meiner Reise. Für immer in den Büchern! Doch bis dahin ist noch ein weiter Weg.

Zungentechnik vs. Nikos

Die Glocken läuten nun immer öfter. Ich warte ab solange es geht, nachdem allerdings alle anderen Kollegen schon mindestens zweimal auf diverse Glocken gegangen sind, sollte ich doch einmal meinen faulen Arsch erheben. Es hilft ja alles nichts, also gut, bleibt nur sitzen, ich werde gehen. Wie bereits erwähnt, sind die meisten Patientenrufe völlig sinnlos. Ein Patient in Zimmer Acht benötigt etwas. Ich deaktiviere das Läuten und mache mich auf den Weg. Ich blicke auf meine Patientenliste und sehe nach, wer in diesem Zimmer sein Dasein fristet. Im ersten Bett liegt ein achtzehnjähriges Mädchen. Sie ist aufgrund eines Karpaltunnelsyndroms aufgenommen, also wegen einer Kleinigkeit. Natürlich ist sie mobil und selbständig. Leider! Dieses Ding ist so dermaßen sexy und noch dazu bildhübsch. Viel zu selten werden Patienten dieser Qualität hier aufgenommen. Die meisten sind älter als vierzig, sehen jedoch aus wie über fünfzig. Für mich also denkbar uninteressant. Einige der Alten haben schon in der Vergangenheit versucht, mich mittels stumpfen Witzen um den Finger zu wickeln. Jedesmal war der Ekel fast nicht auszuhalten. Schimpfen wäre angesagt, allerdings würden diese Idioten es ohnehin nicht kapieren. Carmen, so heißt das schlanke, sexy Mädel, dürfte schon einmal versuchen, mich heiß zu machen. Dies wird jedoch nicht geschehen. Sie ist ohnehin fast nie im Zimmer. Den ganzen Tag geht sie im Haus spazieren, oder sie sitzt im Café. Da kommt endlich einmal eine vernünftige Frau und schon wird sie mir weggenommen. Das Schicksal spielt mit mir, aber eines Tages wird meine Chance kommen, dann werde ich es allen zeigen. Ich muss daran glauben, sonst könnte ich mich ja gleich vom Kirchturm stürzen.

Im mittleren Bett wartet eine Patientin auf eine Bestrahlung. Diese soll am kommenden Morgen durchgeführt werden. Sie benötigt sicher auch nichts. Und im dritten Bett, am Fenster, liegt seit über einer Woche eine Frau mit einer Vertebrostenose, also einer Verengung des Wirbelkanals. Sie wurde bereits vor fünf Tagen operiert und der postoperative Verlauf ist bisher komplikationslos. Bisher war sie beschwerdefrei. Meine Güte, wer kann den in diesem Zimmer etwas brauchen? Ich betrete Zimmer Acht. Zuerst freue ich mich, denn Carmen liegt in ihrem Bett und grinst mich kurz an. Doch was soll das jetzt? Ein fremder, junger Mann sitzt am Bettrand. Er unterhält sich angeregt mit Carmen und er nimmt mich nur schemenhaft war. Er nimmt mich wohl nicht für voll! Ich bin ja auch nur der Pfleger, für ihn scheinbar keine Konkurrenz. Offensichtlich ist er der Freund von Carmen. Er hält ihre Hand. Sie ist also vergeben. Bei Krankenschwestern, Ärztinnen oder Krankenpflegeschülerinnen ist mir dieser Umstand vollkommen egal. Selbst wenn es einen Ehemann und drei Kinder gibt, ich habe Wochen oder Monate Zeit meine Chance herauszuarbeiten und deren Treue auf eine ernsthafte Probe zu stellen. Doch bei Patientinnen muss so etwas schnell gehen, da bleibt keine Zeit zuerst den Freund zu vertreiben. Carmen kann ich wohl abschreiben. Diese Vereinigung wird niemals stattfinden. Sie bleibt also für immer nur eine Onanierhilfe. Geistiges Futter für meine versauten Singleabende. Einmal mehr benötige ich keine Pornofilme und youporn. Zweck erfüllt!

Die Dame in der Mitte benötigt auch nichts, also war es Frau Schweiger. Ich gehe zum Bett am Fenster und frage die Patientin mit der Vertebrostenose ob sie geläutet hat. Sie bejaht und bittet mich, den Nachttisch neben dem Bett höher zu stellen. Sie möchte den höhenverstellbaren Tisch auf die maximale Höhe eingestellt haben. Da sie ja ihr Kreuz noch nicht belasten darf, soll ich das übernehmen.

«Was meinen sie mit „höher stellen"?»

«Na, ich möchte mich nicht zu weit beim Mittagessen hinunter beugen müssen!»

«Frau Schweiger, seien sie mir nicht böse, aber wie haben sie denn bisher immer gegessen?»

«Nachdem mir ja bisher keiner die Wahrheit gesagt hat, habe ich jeden Tag im Sitzen gegessen, stellen sie sich das mal vor!»

Frau Schweiger wirkt etwas genervt und beunruhigt. Ich ahne schlimmes!

«Und wie sollen sie künftig essen?»

«Die Schwester die heute im Dienst ist, hat mir in der Früh gesagt, ich darf nicht mehr sitzen beim Essen. Jeden Tag bin ich gesessen und keiner war in der Lage mir die Wahrheit zu sagen. All ihre Kollegen ließen mich falsch sitzen. Seit heute früh habe ich wieder mehr Schmerzen. Fast so, wie vor der Operation.»

Langsam werde ich verrückt. Zur Sicherheit sehe ich nochmal auf meine Patientenliste und hier steht „Vertebrostenose".

«Sorry, aber sie haben doch eine Vertebrostenose, oder?»

«Ja sicher, wissen sie das denn nicht einmal? Mich haben die ja schon vor Tagen operiert.»

«Ich habe sie ja noch nie hier betreut, daher frage ich einfach nochmal.»

Ich Depp habe es geschafft die Patientin zu verunsichern. Es war keine Absicht, aber meine Fragerei war ihr wohl zu viel.

«Also, nachdem sie ja keinen Bandscheibenvorfall haben, dürfen sie selbstverständlich sitzen. Das sie jetzt noch Schmerzen spüren ist normal, gerade jetzt. Einige Tage nach der OP kann es nochmals schlimmer werden, da die Nervenwurzel erneut anschwillt. Das kann nochmals so schmerzhaft sein wie vor der OP. Muss nicht, aber kann!»

«Aber die nette Schwester hat mir doch gesagt …»

Mir reicht es, ich habe keine Lust mehr zuzuhören. Meine Gedanken schweifen ab, während Frau Schweiger weiter redet und redet. Sätze, die so beginnen sind besonders gefährlich. Nur bei zwei Situationen setzen Patienten solche Sätze ein. „Aber die Schwester hat gesagt"-Sätze kommen entweder um das Pflegepersonal gegeneinander auszuspielen. Nach dem Diplom müssen wir uns immer wieder neuen Prüfungen stellen, nur diesmal heißen die Prüfer „Arschlochpatienten". Sie können zwar nicht herausfinden, welcher Mitarbeiter die richtige Antwort kennt. Diverse Ungereimtheiten in den Antworten feststellen zu können, versüßt so einen Patiententag jedoch ungeheuer. Oder dieser Satz wird eingesetzt wenn Arschlochpflegepersonen wieder einmal falsche Auskünfte geben. Beides kenne ich, daher warte ich einfach ab, bis sich die Lippen von Frau Schweiger beruhigt haben und wieder friedlich aufeinander liegen. Mir fällt in der Zwischenzeit ein Film ein. Ich habe ihn vor drei Tagen gesehen. NIKOS – THE IMPALER! Ein grottenschlechter B-Movie mit Bela B. Felsenheimer. Jeder Film mit Bela B. und ist er auch noch so schlecht, gehört in meine DVD Sammlung. Keine Ahnung warum ich eben jetzt an diesen Film denken muss. Vielleicht wünsche ich mir gerade jetzt einen Freund wie den Pfähler. Er könnte für mich so manche Kollegen zerfleischen. Der Mund bleibt verschlossen. Schweiger macht ihrem Namen alle Ehre.

«Es tut mir leid, es war ein Irrtum. Sie dachte, sie müssen beim Essen stehen, das ist aber nicht so. Sie können beruhigt sein, bleiben sie ruhig sitzen. Dann schmeckt es doch gleich besser, oder?»

Mit diesem Abschluss versuche ich die Lage etwas zu beruhigen.

«Sehen sie, ich hatte es ihnen ja gesagt.»

Die schöne Carmen bringt sich ein. Versucht sie mich zu Unterstützen? Ihr Freund blickt eher gelangweilt in meine Richtung. In Wahrheit spürt er den Hauch der Erotik zwischen seiner Geliebten und mir. Ich will es so, also ist dies auch die ganze Wahrheit!

«Carmen hat recht! Ich schicke ihnen nochmals die Schwester, sie wird es bestätigen.»

Ja, ich sagte laut und deutlich nur den Vornamen der sexiest patient alive. Sie ist blutjunge 18, da kann ich wirklich nicht „per Sie" mit ihr sein. Das wäre lächerlich.

«Da frage ich aber noch einen Arzt!»

Frau Schweiger bleibt skeptisch. Irgendwie kann ich sie ja auch verstehen.

«Wenn sie wollen, bitte! Wenn ich einen Arzt sehe, schicke ich ihn zu ihnen.»

«Ja, tun sie dies!»

Langsam geht mir der Befehlston auf die Nerven. Hier habe ich genug geredet, ich verabschiede mich artig, drehe mich um und gehe zur Tür. Gedanklich bin ich schon wieder bei Carmen. Unsere Blicke treffen sich erneut.

«Halt, warten sie!»

Frau Schweiger ist noch immer nicht fertig mit ihren Fragen und Wünschen.

«Ja, bitte?»

«Mein Tisch!»

«Ich sagte ihnen doch, sie brauchen nicht stehen.»

«Ich habe aber noch mit keinem Arzt gesprochen!»

Von mir aus kann sie sitzen, liegen, stehen oder auch fliegen während des Essens. Also schraube ich ihr den Tisch auf die gewünschte Höhe und verlasse mit schnellem Schritt das Zimmer. Klarerweise nicht ohne mir noch ein Lächeln abzuholen. Sauer auf Leah steuere ich den Aufenthaltsraum an. Ich muss Dampf ablassen. Sie soll mitbekommen, dass ich gerade ihre Arbeit ausbessern musste. Nur aufgrund ihrer Blödheit durfte ich mich gerade vor einer Patientin rechtfertigen. Fehlanzeige, sie ist nicht hier. Helga sieht mir den Ärger an. Ich berichte ihr alles detailiert und sie beginnt herzhaft über Leahs Dummheit zu lachen.

«Sagst du es ihr?»

«Klar, so etwas kotzt mich an. Wo ist sie denn?»

Als ob sie es gehört hätte, betritt Leah nur wenig später den Raum. Doch sie betritt ihn eigentlich nicht, sie betänzelt ihn eher. Weltfremd und vor sich hin singend springt sie fröhlich blickend durch den Raum. Sie steht vor dem Kühlschrank und nimmt sich ihr Joghurt heraus. Sie singt immer und immer, nicht ohne mir Ekel zuzufügen.

«Amazing Grace – how sweet the sound …»

Ich starre Helga an, greife zu einer Zigarette und zünde sie mir an. Auch Helga bekommt große Augen, sagt aber lieber einmal noch nichts. Sie möchte noch abwarten. Leah öffnet eine Schublade und sie kramt nach einem verdammten Löffel. Kein anderer Erdenbürger würde es zustande bringen, so banale Tätigkeiten durch soviel Lautstärke in den Vordergrund zu drängen, wie Leah. Jeder in diesem Raum, jeder auf dieser Station, jeder in diesem Krankenhaus, jeder in dieser Stadt, ja, jeder hier in Österreich weiß nun, Leah benötigt einen kleinen Löffel.

«I have already come …»

Wenn sie einen Raum betritt, hört jeder ihre quietschenden Billigschuhe mit vielen bunten Blümchen drauf. Sie kann die

Goodies an ihren Arbeitsschuhen sogar wechseln. Manchmal sind es Blumen, dann wieder kleine Kätzchen oder Pferde, sogar Spongebob gehört zu ihrer Sammlung. Mädchenkram! Auch das Aneinander reiben der Hosenbeine ist Ruhestörung. Ihre Schenkel sind zu fett, somit reibt ständig Schenkel an Schenkel. Bei jedem Schritt merkt man, wie die Unterhose zwischen den jungfräulichen Schamlippen herum reibt und herum quietscht. Schreckliche Bilder brennen sich gerade in mein Gehirn. Betritt sie einen Raum, grüßt sie sogar zu laut. Sie ist nicht höflich, sie ist aufdringlich. Wieso erkennt dies nicht jeder? Man weiß es nicht. Aber wann findet sie endlich den Löffel? Das heftige Aneinanderschlagen der Gabeln, Messer und Löffeln in der Besteckschublade erzeugt einen Lärmpegel ähnlich dem Entleeren von Weiß- und Buntglascontainern von seitens der Müllabfuhr.

«As long as life endures …»

Höflicherweise spreche ich Leah noch nicht sofort an. Mein Gesprächspartner sollte wenigstens mit mir am gleichen Tisch sitzen. Den Rauch meiner Zigarette blase ich angespannt zwischen meinen zusammengepressten Lippen hindurch. Der Blick von Helga spricht Bände. Um ihr die Peinlichkeit zu ersparen, werfe ich ihr meine Packung Zigaretten entgegen. Sie grinst überglücklich! Eine weitere kann ja nicht schaden, oder? Wenn sie schon aufgedrängt wird. Leah blickt mich an und unterbricht kurzfristig doch noch die Ausschüttung der staunenswerten Gnade.

«Ich bin gleich bei euch! Ich störe hoffentlich nicht! Aber ich brauche noch einen kleinen Löffel. Hier sind nur Große. Vielleicht sind die Anderen ja in der anderen Küche. Vielleicht sind sie ja auch draußen im Geschirrspüler. Naja, ich werde das Joghurt einfach fest schütteln, dann kann ich es ja trinken und ausschlecken…»

Viel zu laut, viel zu schnell und viel zu viel! Nicht nur mein Kater macht diesen Tag immer mühsamer. Mein Auge beginnt wieder zu Schmerzen, meine Kopfschmerzen nehmen auch zu, die Aussprache mit Paula steht noch an und Leah ist voll in ihrem Element. Und ihr Element heißt „nerven". Beim näheren Hinhören, könnte man sogar vermuten, die letzten Sätze wurden von Leah zum Klang der Melodie von Amazing Grace wiedergegeben. Irgendwie ist sie ja dann doch bemerkenswert. Endlich, nach Stunden des Suchens, kommt sie, ohne kleinen Löffel, zum Tisch und nimmt gegenüber von mir Platz. Jetzt wird das arme Joghurt wie wild geschüttelt. Die rechte Hand führt eine für sie fremdartige Bewegung aus. Soll ich ihr sagen, wonach es aussieht? „Hey, du kannst sicher perfekt wichsen! Jeder Mann wäre erfreut." Sie würde sofort rot werden vor Scham und sich verpissen. Ein Heidenspaß wäre es mit Sicherheit. Dieses frigide Wesen gehört durchgebumst, ich sage es immer wieder. Die Hässlichkeit gehört ihr aus dem Gesicht gefickt! Sie öffnet den Joghurtbecher und streckt ihre meterlange, nasse und speichelnde Zunge heraus, um mit einem Male den kompletten Deckel des Joghurtbechers abzuschlecken. Alles ist weg! Links und recht von ihren Mundwinkeln läuft zwar einiges in Richtung Kinn, niemand sollte jedoch ihre Zungentechnik unterschätzen. Bereits wenige Momente später ist nichts mehr zu erkennen. Die Zunge hat alles in den Rachen transportiert. Nur den glänzenden Speichel rund um den Mund kann man noch sehr gut erkennen. Jetzt scheint mein Moment gekommen zu sein!

«Seit wann dürfen Vertebrostenosen nicht sitzen?»

«Weiß ich nicht, wer sagt denn so etwas?»

Sie sieht mich nicht einmal an. Der Verzehr des Milchproduktes beansprucht vermutlich beide Gehirnhälften, daher ist kein Blickkontakt möglich. Sie trinkt und schleckt. Mehr geht gerade nicht. Ihre Frage ist Zeitgewinn, mehr nicht. Sie stellt, um ihre Gehirnwindungen wieder zurechtzurücken, schnell mal noch eine Gegenfrage. Nachdem sie höherer Rhetorik nicht mächtig scheint, fällt es mir schwer, mein Gegenüber ernst zu nehmen. Auch schon davor war dies niemals leicht. Ich schaffte es noch nie. Vom ersten Tag an bis heute – UNMÖGLICH!

«Du weißt, wen ich meine!»

«Ich habe ihr nur gesagt, ihre Rückenschmerzen kommen vom vielen Sitzen.»

Sie wirkt unsicher, daher nutze ich die Gunst der Stunde und bohre meinen verbalen Dolch noch etwas tiefer in meinen Feind hinein. Ich möchte sie sprachlich verbluten sehen. Mit dem Selbstbewusstsein in der feuchten, lehmigen Erde. Regenwürmer und Nacktschnecken hinterlassen eine schleimige Spur auf der zertrümmerten Seele dieser Kreatur.

«Unsinn, weshalb sollte sie nicht sitzen dürfen? Ich komme zu der Patientin und stehe da wie ein Vollidiot, nur weil du deine Patienten falsch informierst. Du bist wohl schon lange genug hier auf der Station um das zu wissen!»

Helga lacht. Vom Brüllen habe ich einen hochroten Kopf. Sehen kann ich es nicht, aber ich spüre es natürlich. Leah ist am Boden. Dort wollte ich sie hinbekommen. Sie hat dem Ganzen nichts mehr entgegenzusetzen. Verbale Kämpfe kann sie nicht austragen, konnte sie nie. Wenn sie redet ist es laut und viel zu viel, aber zur richtigen Zeit die passenden Worte in einem Redegefecht zu finden, dafür ist diese Person nicht geschaffen. Sie wendet den Blick von mir ab, stellt den Joghurtbecher ab und steht auf. Geübte Zuseher können bei genauerem Hinsehen die leicht vibrierende Unterlippe und die etwas feuchteren Augen im Gesicht von Leah erkennen. Sie verlässt schnellen Schrittes den Raum. Ich bleibe sitzen. Warum sollte ich ihr auch nachlaufen? Seit Leah hier arbeitet, nehmen die Fehler in den Pflegetätigkeiten laufend zu. Dies soll heißen, trotz einer verlängerten Einschulungsphase versteht es diese Frau nach wie vor nicht, konzentriert und korrekt zu arbeiten. Jeder auf dieser Station macht Fehler. Jeder Mensch in jedem Beruf macht Fehler, selbst arbeitslose und obdachlose Penner machen Fehler. Sonst wären sie wohl in den meisten Fällen nicht arbeitslos und obdachlos geworden. Nur, niemand sollte Fehler am laufenden Band produzieren. Im schlechtesten Fall sollte die Anzahl der richtig vollendeten Arbeiten, die der miserablen Arbeiten, um die Zahl Eins Übertreffen. Arbeitet jemand als Nachtportier oder als Zugbegleiter, kann wohl jeder mit einer höheren Fehlerquote leben, aber Leah ist Krankenschwester. Hier sollte man einen Schlussstrich ziehen. Wäre ich der Boss, wäre sie in der Warteschlange zum Arbeitsamt. Bin ich zu faul, oder zu verkatert, um einen beschissenen Pflegebericht ausführlich zu dokumentieren und irgendein Wachkomapatient erhält seine Sondennahrung anstatt um 11:30 Uhr erst um 13:00 Uhr über seine Sonde gespritzt, kann das dem Rest der Welt möglichst egal sein. Keinem wird dadurch wirklich geschadet. Erhält ein Patient aber über Tage hindurch die falschen Medikamente, so sieht die Sache doch schon etwas anders aus. Fast alle Patienten schlucken ungefragt alle, von der netten Schwester gebrachten Tabletten. Keiner kann erklären weswegen. Will denn keiner erfahren welchen Mist er schlucken soll? Hinterfragt das wirklich keiner? Leah hatte schon des Öfteren spendable Tage, was die Verabreichung von Kortisonpräparaten oder Blutdruckmedikamenten angeht. Für instabile und ältere Patienten recht ungemütlich. Nur aufgrund ihrer Unkonzentriertheit kann dies passieren. Täglich sortieren die Pflegepersonen alle oralen Medikamente in die dafür passenden Dispenser ein. Man soll diese Arbeit niemals unterschätzen. Immer wieder versuchen Ärzte, Patienten, Putzfrauen, Abteilungshelfer oder Angehörige einem einen Strich durch die Rechnung zu machen. Keiner kann ungestört dieser Tätigkeit nachgehen. Verwechslungen sind somit vorprogrammiert. Nur, eine richtige Krankenpflegeperson lässt sich nicht stören. Für eine verschissene Vase, einem Brotmesser, Patientenunterlagen für Ärzte, Putz- oder Aufräumanweisungen für die Abteilungshelferin, bewege ich meinen Arsch hier sicher nicht vom Platz. Die Angehörigen halten mich zwar in diesem Fall für einen unfreundlichen Pfleger, darauf scheiße ich aber. Sollen die halt warten, es geht ja um das Überleben ihrer Angehörigen. Verständnis erwarte ich nicht einmal. Dummes Volk denkt dummes Zeug! Arschlochangehörige!

Leah kann dies nicht! Sie steht hundertmal auf, erfüllt alle Wünsche der Anwesenden und vergisst, welche Medikamente sie jetzt schon eingeschachtelt hat und welche noch fehlen. Kontrollieren kann sie nicht, dafür müsste sie die Tabletten ja erkennen. Das wäre für Leah wirklich zu viel verlangt. Hauptsache jeder Verwandter bekommt eine Blumenvase. Weshalb? Es ist doch nur eine dumme Vase! Angehörige schleppen tagtäglich tonnenweise hässliche und stinkende Schnittblumen in die Krankenhäuser dieser Welt. Und spätestens der Nachtdienst bekommt nach wenigen Minuten in den Patientenzimmern Kopfschmerzen, da es in den Zimmern unerträglich stinkt. Und nur weil der Patient A nun seine unbeschreiblich hässlichen Frühlingsblumen in einer noch hässlicheren Krankenhausvase unterbringen konnte, erhält Patient B die doppelte Dosis seiner Blutdruckmedikamente. Schwester Leah hatte vergessen im Zuge des Tablettenausteilens noch einmal nachzukontrollieren. Und sie war sich so sicher, dieses Medikament noch nicht verabreicht zu haben. Leider! Aber es tut ihr ja so leid! Während sich Patient A über die Blumen seiner Gattin freut, benötigt Patient B nach kurzer Zeit ärztliche Hilfe. Nur langsam geht es ihm wieder besser. Danke Schwester!

Der einzigartig saubergeleckte Joghurtbecher steht nach wie vor hier am Tisch. Daneben der blitzblanke Aluminiumdeckel. Die beiden Dinge sehen wunderschön rein, ja fast schon steril aus. Auch wenn Leah unbestritten eine miserable Krankenschwester ist und aussieht wie ein Ferkel nach dem Abschlachten, die Zungentechnik ist aufregend und spektakulär. Ich frage mich, wie es wäre…

Ein ankommender Aufzug unterbindet weitere erotische Schrecklichkeiten. Der Aufzug kündigt sich durch ein sehr lautes „Ping" an. Man hört vom Aufenthaltsraum sehr gut, wie ein unterbezahlter, südländischer Hausarbeiter zwei riesengroße Essenscontainer vom Aufzug heraus, quer über die Krankenstation schiebt. Ein körperlich anstrengender Job, aber keiner Zwingt ihn dazu. Als Rosenverkäufer würde er weniger schleppen müssen. In der Nähe eines Krankenhauses dürfte dies ja ein wahnsinnig lukrativer Beruf sein. Aber ist mein Job nicht auch körperlich Anstrengend? Sicher, Installateure, Maurer oder Gerüstbauer schleppen tagtäglich weit mehr und arbeiten den ganzen Tag durch. Als ich einmal einen Installateur bei mir in meiner Wohnung hatte, der mir meine Heizung reparieren sollte, hatte ich gegen Mittag gefragt, ob er denn keine Pause machen möchte. Seine unglaubliche Antwort war „Nein". Dieser Kerl arbeitet doch tatsächlich von Montag bis Freitag von 6 Uhr früh, bis halb 6 Uhr abends, ohne Essen. Ok, er trank zwar an diesem Tag ungefähr sechs starke Kaffee und rauchte mehr als ein dutzend Zigaretten, aber trotzdem. Was würde der Mann in einem Nichtraucherhaushalt machen? Darf der überhaupt in solche Wohnungen fahren? Kann man diesen Kettenraucher nur zu so asozialen Singlemännern, die in alten vergammelten Raucherwohnungen leben, schicken? Und wenn ja, woher wissen die Firmen denn das im Vorhinein? Wenn ich bei denen anrufe, fragt mich ja die Sekretärin nie nach meinen Lebensumständen. Und diese Handwerker fahren dann an den Wochenenden noch zu Freunden etwas aushelfen. Der Rücken ist mit vierzig im Arsch aber das eigene Haus ist bald ausbezahlt. Gut, mit 43 Jahren drohen die Scheidung und die „Binichfrohsieloszuwerden"-Phase, die ohnehin keiner glaubt, aber bis dahin führt er ein tolles Leben voller Arbeit. Viele haben ja Mitleid mit diesen Menschen. Ich nicht! Sollen die doch irgendetwas anderes lernen. Jeder entscheidet für sich selbst. Sollen sie doch umschulen. Als Pfleger könnten sie von 12,5 Stunden Arbeitszeit rund 10 Stunden sitzen. Es ist nun einmal ein Job in dem man hauptsächlich denken muss.

Endlich Mittagessen! Langsam wird es auch Zeit. Seit vielen Jahren quält mich zwar Sodbrennen, wer aber in der Lage ist hunderte Kaffee und Zigaretten wegzuhauen, der vernichtet auch ohne Schwierigkeiten ein Krankenhausessen. Es ist also jetzt halb zwölf und Helga steht auf.

«Ich gehe mal essen austeilen, du kannst ja mal Tabletten austeilen gehen.»

Raphael ist wohl immer noch beim Schreiben, da kommt mir die Tätigkeit des Medikamentenausteilens wirklich gerade recht. Die blödeste Tätigkeit die eine Pflegeperson zu Mittag machen kann, ist Essen austeilen. Selbst hungrig und unterzuckert, schaffe ich es selten geduldig zu bleiben, Essen vorzuschneiden und vielleicht sogar noch zu verfüttern. Im klinischen Alltag nennt man das Füttern des Patienten „eingeben“! Das ist natürlich völliger Quatsch, so hört man das nur in der Schule. Aus Rücksicht gegenüber der Würde des Patienten darf man nicht „füttern“ sagen. Gefüttert werden die Tiere im Zoo! Aber was tue ich denn? Klar füttere ich! Und wir sagen auch füttern zu füttern. Fütternfütternfüttern. Aber ich möchte futtern, nicht füttern! Langsam merke ich auch die verdammte Unterzuckerung. Mit solchen Symptomen ist nicht zu spaßen. Da will ich nicht mehr arbeiten müssen. Also, auf zu den Medikamenten. Auf dem Weg in den Arbeitsraum sehe ich Raphael beim PC sitzen. Also hat er die letze Zeit hier, im Internet surfend verbracht. Und ich dachte schon er arbeitet. Als er mich sieht, entscheidet er sich, mir beim Austeilen der Medikamente zu helfen. Alle anderen Pflegepersonen drängen sich, gemeinsam mit der etwas dümmlichen Abteilungshelferin, um die beiden Essenscontainer. Teilweise wird das fertig portionierte Essen einfach mit dem Tablett aus dem Wagen genommen und direkt zu den Patienten gestellt. Andere lieben es, das Essen zu schlichten. Da wird ein zusätzlicher Wagen geschnappt, neben den Containern geparkt und nun wird begonnen das Essen zimmerweise herauszusuchen. In den Containern herrscht Chaos. Weder eine alphabetische Ordnung, noch eine Einteilung nach Patientenzimmern ist zu erkennen. Und da stehen nun einige Leute und suchen wie blöd nach allen Speisen von Zimmer Zwei und Drei. Sind diese gefunden, werden sie auf das geparkte „Wagerl“ gestellt und nach einer Ewigkeit endlich zum Patienten geliefert. Dann oft natürlich lauwarm. In der Zeit in der die anderen suchen, habe ich schon etliche Essen ausgeteilt, aber heute erspare ich mir den Unsinn ja zum Glück. Klarerweise teilen Raphael und ich nur die Medikamente bei unseren Patienten aus. Die Anderen interessieren mich nicht. Heute erhalten exakt vier Patienten bei uns mittags Medikamente. Das war´s! Zugegeben, nach weniger als fünf Minuten sind wir mit dieser Arbeit fertig und sehen schon in der Küche nach, ob für uns etwas über ist. Leider komme ich nicht allzu weit. Ich möchte den Arbeitsraum verlassen und sehe einen kleinen, irritierten älteren Herrn vor dem Türstock stehen. Er ist nett gekleidet und neben ihm wartet seine brave, anhängliche Sporttasche. Er sieht in meine Augen und dennoch traut er sich nicht gleich mich anzusprechen. Der arme Kerl steht keine zwei Meter von mir entfernt und sieht mir in die Augen. Und: er klopft an! Die Türe steht offen und er klopft unsicher an den Türstock. Das nenne ich noch gute Kinderstube! Ich beginne die Situation aufzulockern und spreche ihn hungrig an.

«Bitte?»

Raphael geht an mir vorbei, nickt dem Herrn nett zu und verzieht sich still in die Küche. Dieses Arschgesicht lässt mich hier stehen und geht fressen. Raphael ist gut. Ich würde es ja genauso machen. Der alte Herr kann sprechen. Seine Stimme passt zu seinem Äußeren. Er spricht mit extrem leiser Flüsterstimme.

«Mein Name ist Gavin, ich soll heute aufgenommen werden, bitte.»

Kaum wurde der Satz beendet, erscheint in der Türe eine Frau. Groß gebaut, man könnte sie durchaus als stämmig beschreiben. Ich schätze sie so um die fünfzig und das Gewicht der Vollfrau überragt diese Zahl mit Gewissheit um mehr als das Doppelte. Die Haare altmodisch toupiert und grellgelb gefärbt. Wahrscheinlich sollte es ein modisches blond werden, der slowakische Friseur hat zwar nur umgerechnet zehn Euro für die gesamte Färbung verrechnet, das Resultat sieht halt danach scheiße aus. Sie steht neben dem älteren Herrn und blickt ihn streng an.

«Sei still Papa, frag doch nicht hier. Dort vorne sitzt ein Arzt, du musst dich bei dem melden, nicht hier. Hier sind doch nur Schwestern.»

Ich glaube ich höre schlecht. „Nur Schwestern"? Ich bin stolz auf mein Y-Chromosom. Was will dieses Biest? Ich sage zu ihr ja auch nicht „nur ein Arschloch", oder. Ein klein wenig Respekt nach einer, doch immerhin dreijährigen Ausbildung, ist das zu viel verlangt? Manchmal scheinbar schon. Neben dem Wort „Schwestern" bei meinem Anblick stört mich der dumme Zusatz „nur". Eine Pflegeperson steht also, laut dieser Person, weit unter den Studierten. Wieder einmal.

Sie nennt ihn „Papa". Das geht sich niemals aus. Vielleicht ist sie sogar etwas älter als er, aber das war es auch schon wieder. Die sind also eindeutig ein Paar. Ich tippe auf ein langjähriges Ehepaar, wahrscheinlich mit zwei Kindern. Viele ältere Paare neigen dazu, nur noch den familiären Titel des einst so geliebten Partners zu nennen. Schatz, Liebling, Hase, Fickspecht, all das war früher. Heute nur noch Mama und Papa, später sogar Oma und Opa. Danach sorgt die natürliche Auslese meist dafür, Titel wie Uroma oder Uropa auszusparen. Mir egal, wenn sie es so wollen.

«Wenn sie aufgenommen werden, gehen sie bitte nach nebenan ins Büro, dort übernimmt die Stationsschwester alles weitere.»

Ein wenig Information darf ja meinerseits gegeben werden, ich achte dabei peinlichst genau darauf, nur den Herren anzusehen. Immerhin ist er der Patient, sie ja NUR Begleitperson. Außerdem reiche ich ihm die Hand und stelle mich vor.

«Pfleger Buhtke, Grüß Gott.»

Die Blicke der Frau spüre ich sehr wohl, sie durchbohren mich, verletzen mich jedoch in keinster Weise. Von mir aus fall tot um! Leider traut sich Herr Gavin in der Nähe seiner Gattin überhaupt nicht zu reden.

«Wo soll diese Stationsschwester denn sein?»

Ihr Ton bleibt abfällig. Mir fällt es ab nun nur leider schwer, die fette Frau zu übersehen. Auf die Frage von ihr kann ich nicht schweigend antworten. Aber zu freundlich wird es meinerseits schon nicht werden.

«Wie bereits erwähnt, nebenan.»

Ich beuge mich etwas nach vor und deute in die Richtung des Büros.

«Sie sind direkt daran vorbeigelaufen.»

Dieser Hinweis befriedigt mich gerade ganz besonders. Ein kleiner Seitenhieb, ein Zeichen der Blödheit.

«Komm, wir müssen nach nebenan.»

Herr Gavin wird etwas unsanft von seinem Frauchen von der Türe weggezogen, fällt dabei beinahe über seine kleine Sporttasche und muss diese peinliche Situation wortlos über sich ergehen lassen. Er ist zu schwach, er kann sich nicht wehren. Frau Gavin ist viel zu dominant. Auf dem Weg zum Nebenbüro, der Fußweg beträgt vielleicht fünf Meter, rutscht ihr viermal der Träger der Damenhandtasche talwärts. Sie korrigiert die Tasche regelmäßig und wirkt dadurch umso hektischer. Gott, bitte lass das meine Aufnahme sein. Der Typ ist vollkommen selbständig, keine Besonderheiten. Und die Frau kriege ich auch noch aus dem Zimmer, dann kann ich mit dem Herrn Gavin, denke ich, gut reden. Außerdem ist der schon hier. Den ganzen Tag auf seine Aufnahme warten ist extrem langweilig. Oft kommen die Leute dann, ohne Entschuldigung, kurz vor Dienstende und die Pflegepersonen müssen deswegen länger in der Arbeit bleiben. Wenn ich weiß, ich werde heute in einem Krankenhaus aufgenommen, komme ich doch nicht erst um 19 Uhr auf die Station, oder? Selbst wenn ich nicht vom Fach wäre, würde ich das so niemals tun. Rücksichtsloses Pack! Wenn das also die Aufnahme der kurzen Seite ist, bin ich kurz nach dem Essen fertig und ich kann später unauffällig schlafen gehen. Dann habe ich diesen Tag bald hinter mir! Raus aus diesem Gefängnis.

Kollegengesindel

Es ist meine Aufnahme. Somit scheint der Tag gerettet zu sein. Ich sehe, wie die Küchentüre aufgeht und Helga heraustritt. Sie schnappt sich gleich mal den Herrn und führt ihn in sein Zimmer. Frau Gavin folgt raschen Schrittes, die ernste Miene ist immer noch unverändert. Was hat sie bloß? Es interessiert mich nicht wirklich, aber neugierig bin ich dennoch. Im Aufenthaltsraum stehen drei Mittagessen bereit. Raphael und ich machen uns gleich mal über die ersten beiden Speisen her. Das dritte Essen wird für Helga aufgehoben. Vor mir breitet sich ein kleiner Querschnitt der österreichischen Esskultur auf, der von einem mittelqualifizierten Koch zu Tode gematscht wurde. Als Vorspeise eine vollkommen versalzene Leberknödelsuppe, gefolgt von einem klassischen Schweinsbraten mit Kraut und Knödeln. Der Schweinsbraten sieht zwar nur aus wie ein Stück Geselchtes, das Kraut ist zu kalt und die Semmelknödel sind keine Knödel, sondern eher Knödelscheiben, jedoch das ganze Zeug ist halbwegs essbar. Der zum Hauptgericht angedachte Salat wird von mir, wohlwissend ob dessen Geschmacks, unberührt stehen gelassen. Als Nachspeise gibt es heute Birnenkompott. Dies ist nicht unbedingt typisch für unsere traditionelle Küchenkultur, jedoch ist auch dies einem echten Österreicher nicht fremd. Für Helga haben wir ein anderes österreichisches Mahl aufbewahrt. Germknödel! Meistens greift Helga ja freiwillig zu den Süßspeisen und es gibt ja nur noch zweimal Schweinebraten. Wer zuerst kommt malt zuerst, es ist einfach so. Irene und Leah hatten bisher noch keine Gelegenheit, sich um das eigene Wohl zu kümmern. Leah ist immer noch damit beschäftigt, die von ihr selbst falsch einsortierten Medikamente zu korrigieren. Selbst bemerkte sie, wie üblich, keinen einzigen Fehler. Die ersten vier Patienten, die von ihr mit bunten Pillen beglückt wurden, reklamierten zu Recht. Sie fanden andere Tabletten, als sonst üblich, in den Medikamentenbechern. Die anderen Patienten merkten die vielen Fehler nicht, sie schluckten den kompletten Überraschungs-Gift-Cocktail, ohne die möglichen Konsequenzen zu erahnen. Gott möge sie beschützen! Leah steht gerade vor Zimmer sieben und diskutiert mit einer Patientin vom Nachbarzimmer. Sie ist Leah nachgelaufen, denn in ihrem Medikamentenbecher befindet sich heute plötzlich eine rosarote Pille, und die beiden Blauen, die sie sonst immer bekommt, kann sie nicht entdecken. Der Arzt hat bei der Morgenvisite nichts von einer Medikamentenänderung erwähnt und so ist sie sicher, hier liegt ein Irrtum vor. Leah wird wieder einmal unsicher.

«Es ist sicher alles in Ordnung.»

Diesen Satz haben schon eine Menge Patienten aus Leahs Munde hören dürfen, kurz bevor sich Magen-Darm Beschwerden oder Kreislaufprobleme bemerkbar gemacht hatten. Falsche Medikamente könne nicht richtiggeredet werden. Falsch bleibt falsch, egal mit welchen wunderschönen Worten man diesen Unsinn verzieren und verkleiden möchte.

«Aber ich kenne doch meine Medikamente und diese hier habe ich noch nie bekommen. Wofür sollen die denn sein?»

«Also, ich weiß von keinen Blauen, aber die Rosarote ist gegen ihr hohes Cholesterin.»

«Welches Cholesterin? Ich kriege doch immer ein weißes Medikament, zwei blaue Kapseln, ich glaube Antibiotika und eine kleine gelbe Tablette für meinen Magen.»

Leah ist am Ende ihres Lateins, sie blickt zum zehnten Mal auf die Tablettenschachtel und überlegt. Ihre Körperhaltung spiegelt ihre Unsicherheit wieder.

«Also Frau Lohner, es tut mir schrecklich leid, aber sie haben alle Medikamente erhalten. Hier auf der Schachtel stehen genau die, die sie gerade in der Hand halten.»

«Ich heiße Gantz!»

Eines ist genau in dieser Situation leicht zu erkennen gewesen: Diese Patientin wäre jetzt sehr gerne in einem anderen Krankenhaus. Die Unfähigkeit dieser Schwester macht ihr Angst und sie fühlt sich berechtigterweise ausgeliefert. Hier sind doch sicher alle Idioten.

«Oh, natürlich!»

Leah beginnt dumm lachend die Situation zu retten, doch es ist ein sinnloses Unterfangen.

«Frau Gantz, natürlich! Wir kennen uns ja, ich kenne sie ja, sie sind ja schon länger hier. Klar, ich kenne sie natürlich. Ich habe mich schon gewundert, weshalb sie diese Tabletten schlucken müssen. Eben! Sie haben die ja noch nie bekommen...»

SchrecklichSchrecklichSchrecklich!

Viel zu schnell, viel zu laut und mit viel zu viel Gestik und Mimik, werden Worte um Worte aus Leahs Maul geschossen. Rücksichtslos gibt es eine kostenlose Darbietung schlechter Schauspielkunst. Niemals hatte sie sich gewundert, denn sie hat ja schon einmal keinerlei Ahnung, welche Medikamente Frau Gantz gerade in den Händen hält. Geschweige denn hat sie den Hauch einer Ahnung wer diese Frau Gantz überhaupt ist. Sie kennt auch die Bettnachbarin von Frau Gantz, Frau Lohner, nicht. Sie hätte ja sonst den Fehler schon bei ihr bemerken müssen. Nun zur jetzigen Lage. Das Cholesterin von Frau Lohner bleibt heute also erhöht, sie wird aufgrund des Antibiotikums aber wenigstens keinen Schnupfen einfangen. Hätte Frau Gantz nicht nachgefragt, wäre ihr zwar mit hundertprozentiger Sicherheit nicht plötzlich der Eitersaft aus der Wunde geronnen, peinlich genug ist diese Sache aber allemal.

Irene ist in der Zwischenzeit mit ganz anderen Dingen beschäftigt. Sie muss telefonieren. Leider gehört sie dieser Generation von Menschen an, die meist mit moderner Technik nichts anzufangen wissen. So eben auch mit der Technik namens Handy! Ihre Lesebrille auf der Nase und das Handy in der Hand, so steht sie im Arbeitsraum und starrt unwissend.

«Was treibst du denn da?»

Elke, die Sekretärin hier auf der Station, bemerkt Irene.

«Ah, es ist nichts. Ich muss meinen Sohn anrufen. Er hat gesagt, Mama, du musst mir morgen dein Auto geben. Aber jetzt soll er mich auch heute Abend abholen. Ich erreiche ihn aber nicht.»

Sie ärgert sich so sehr, dass sie immer wieder Silben verschluckt. Es klingt lächerlich. Immer wieder sieht sie mit bösem Blick auf das Display ihres Telefons. Als wäre es die Schuld des Geräts. Irenes Sohn ist ein Trottel. Hauptberuflicher Möchtegern und Markensammler. Schon immer tanzte er seiner Mutter auf der Nase herum und sie war nicht in der Lage sich ihm gegenüber zu behaupten. Er war zu stark. Der Vater von ihm ist schon vor vielen Jahren geflüchtet. Wahrscheinlich wollte er mit so einem Deppen nicht unter einem Dach leben. Rückzug verhindert Mordgedanken. Der Sohn, dessen Namen keinen hier interessiert, ist heute einundzwanzig Jahre alt und in seinem Studium recht erfolgreich. Mittlerweile spricht er fünf Sprachen, drei davon fließend und als Nebenbeschäftigung arbeitet er noch in diversen Hotels als Nachtportier und Rezeptionist. Er ist beliebt bei Kollegen und den Hotelgästen, nur daheim bei seiner Mutter ist er ein Riesenarsch. Weigert sich Irene einmal ihm die teure Markensonnenbrille zu besorgen, so bricht er einen Riesenstreit vom Zaun. Selbst seine sexy Unterhosen sollten mindestens ein kleines Schild mit dem Namen Calvin Klein besitzen, sonst geht er überhaupt nicht aus dem Haus. Sie verdient als normale Krankenschwester leider zu wenig für den Luxus des jungen Mannes und so organisiert sie in ihrer Freizeit Caterings für Freunde und Bekannte. Meistens bekocht sie ihre philippinischen Landsleute bei Geburtstagsfeiern oder Hochzeiten. Damit verdient sie eine Menge Geld. Bis zu eintausend Euro pro Catering. Nach Abzug der Kosten für das Essen und dem Personal bleiben ihr rund fünf- oder sechshundert Euro über und damit überhäuft sie ihren Sohn mit finanziellen Liebesbeweisen. Vierzig Wochenstunden hier im Krankenhaus und nebenbei noch zwanzig bis fünfundzwanzig Stunden in der heimischen Küche, das lässt Irene monatlich um Jahre altern. Bei diesen Feierlichkeiten fühlt sie sich wohl. Eine normale Geburtstagsfeier besteht aus hundertfünfzig bis zweihundertfünfzig Personen und die meisten davon kennt Irene schon seit mehr als zwanzig Jahren. Auch wenn der Sohn Müll ist, diese Treffen sind für Irene immer Höhepunkte in einem kleinen erbärmlichen Menschenleben.

Helga betritt genau in dem Moment den Aufenthaltsraum, als Raphael den letzten Bissen des Kompotts hinunterschluckt. Sie nimmt vor dem freien, mittlerweile lauwarmen Mittagessen Platz und schlingt schnell alles Verwertbare hier am Teller in sich hinein. Viel gesprochen wird nicht, dazu ist der Hunger zu sehr im Vordergrund des Geschehens. Ich kümmere mich gerade noch um die Nachspeise, bin gedanklich aber schon seit der Hälfte des Schweinsbratens bei meinem nächsten Kaffee und der Zigarette des Verdauens. Der Kaffee ist in diesem Falle nicht nur einfach Ritual, sondern Wachbleibhilfe. Selbst an Tagen ohne erhöhtem Alkoholspiegel ist die Zeit nach dem Mittagessen eine besondere Herausforderung. Hier wird wieder einmal wider die Natur gehandelt. Der menschliche Körper verlangt nach Ruhe und kurzem Schlaf, der Dienstgeber verbietet dies jedoch vehement. Findet man mich hier schlafend vor, droht mir die Kündigung. Irgendwann einmal lernte ich in der Krankenpflegeschule, nur wer körperlich und seelisch gesund sei, kann gute Pflege leisten. Ich bin körperlich im Arsch und seelisch ohnehin schon seit langem ein Wrack! Somit erklärt dies wohl auch meine miserable Einstellung zu meinem Job.

Dr. Sandy betritt den Raum. Oder besser, sie erscheint hell erleuchtet vom Glanz der Erotik. Sie lächelt in unsere Richtung und bietet an, uns mit Kaffee zu versorgen. Wir bejahen dankend. Helgas Blick friert kurz ein und ich kann den Grund hierfür rasch hören. Man hört die Schritte und das unangenehme laute Lachen von Paula und Marianne. Das klappern der Arschlochgendienstschuhe und das hexenhafte Lachen der Stationsschwester kann niemand überhören. Die Nackenhaare stellen sich bei allen Beteiligten auf. Momente des Schreckens! Man denkt sofort an kleine Buben und Mädchen die in einem kleinen Brotbackofen in der Nähe eines Lebkuchenhäuschens brennend in die Augen des Todes blicken. Ich höre diese Schritte und bekomme Lust auf Lebkuchen. Paula ist aber nicht einfach nur unsere Stationshexe, sie ist viel mehr unsere Herrscherin, die ihr eigenes Fürstentum regiert. Unser Matriarchat! Dutzende Male hat sie bereits versagt. Faire Dienstplangestaltung oder Mitarbeitermotivation? Fremdwörter für unsere Chefin! Es findet sich aber niemand der ihr einmal so richtig die Meinung sagen möchte. Also, MÖCHTEN würde es doch jeder, es traut sich nur niemand. Fachliche Kritik wird immer wieder persönlich genommen und so verzichtet jeder auf eine Aussprache.

Marianne hingegen hört man nicht aufgrund des dummen und durchdringenden Gelächters, sondern jeder spürt ihre stampfenden Schritte. Ein Landwirt, der sich im Schweinestall durch die frische Schweinescheiße kämpft, sieht vom Gangbild her wahrscheinlich sehr ähnlich aus, wie Marianne. Einfach zum Kotzen! Viel mehr sollte man über diese Frau gar nicht sagen. Eine übergewichtige, einfach denkende, schweinestallschrittige Person, die eigentlich egal, deswegen jedoch leider nicht weniger mühsam ist!

Ich greife rasch zur Fernbedienung des Fernsehers und schalte einen beliebigen Sender ein. Nur einfach um das blöde Gequatsche nicht mit anhören zu müssen. Somit denke ich, ich wirke beschäftigt genug und habe meine Ruhe. Raphael versteht meine Aktion und richtet seine Blicke ebenfalls auf den Bildschirm, Helga ist noch zu sehr mit Essen beschäftigt und bekommt von dieser Entlastungsaktion leider zu wenig mit. Als Paula und Marianne den Raum betreten, bleiben sie kurz nach dem Eingang stehen. Paula setzt ihrem geistesgestörten Gelächter noch einen oben drauf und brüllt jetzt regelrecht. Es ist einer DIESER Lacher! Marianne kann sich auch nicht mehr zurückhalten. Die Beiden blicken zuerst zu mir, danach zu Raphael, und erst dann in Richtung Fernseher. In meiner Eile schaltete ich irgendeinen unwichtigen deutschen TV-Sender ein, indem gerade ein mir vollkommen unbekannter Fernsehprediger das Thema Enthaltsamkeit als DEN richtigen Weg zu einem christlichen Leben verkaufen möchte. Mir war das egal, ich beachtete bisher den Verlauf der Sendung überhaupt nicht.

«Na, ob man unsere Männer wirklich noch einmal bekehren kann?»

Marianne wagt es doch tatsächlich, zur Überraschung aller, das Wort vor dem Führer Paula zu erheben.

«Es kann ja nur noch besser werden mit den Beiden»

Diese karge Wortmeldung blieb noch für Paula über.

Raphael stößt mich daraufhin kurz an und schnappt sich die Fernbedienung.

«Wir zappen ja nur so rum.»

Er rettet kurzerhand die Situation. Auch ich beteilige mich an dem Gespräch:

«Ja, es läuft nichts Besonderes. Komm, schalte doch mal auf MTV oder so etwas.»

Raphael tut wie ihm geheißen. Auf MTV spielt es irgend so eine Hip-Hop oder Rapscheiße. Nichts für Raphael und mich, somit wird gleich einmal weitergeschalten auf VIVA. Unglaublicher Weise spielt es um diese Tageszeit auf einem Musikkanal wie VIVA eine deutsche Dailysoap. Ich kann das nicht verstehen. Hier erwartet sich jeder normale Fernsehkonsument Musik. Soll es gute oder schlechte Musik sein, ist doch egal, Hauptsache es ist Musik. Dr. Sandy kommt nun mit den erlösenden Tassen voller Kaffee auf uns zu. Wir bedanken uns höflich und nachdem mittlerweile ja alle mit dem Essen fertig sind, zünde ich mir eine Zigarette an.

«Hast du heute gar keine OP´s?»

Raphael beginnt belanglos mit der durchaus erstrebenswerten Ärztin zu plaudern. In meinen Gedanken wünsche ich ihm gerade viel Glück bei seinem Vorhaben, die Medizinerin zu bumsen. Mir ist es egal, ich erkämpfe mir wieder die Fernbedienung zurück und schalte auf einen anderen Sender. GO-TV. Gerade jetzt zeigen sie eine Dokumentation über St. Pauli, besser gesagt über den FC St. Pauli.

«Am 2.8. empfängt der FC St. Pauli den fünffachen Deutschen Meister VfB Stuttgart…»

So tönt es aus dem Fernseher. Auch wenn ich diesen Verein sympathisch und sehenswert finde, so muss ich mir das doch nicht auf GO-TV ansehen, oder? Aber im Hintergrund höre ich ein mir nur zu bekanntes Lied. Es heißt „Von wegen Westerland" von den Jungs des Vereins selbst gesungen und da war dann ja noch ein Witte XP. Nachdem ich das Lied kenne und mag, wippe ich flott mit meinem rechten Bein zum Takt.

«Irgendwoher kenne ich diesen Song. Was ist denn das Original?»

Dr. Sandy zeigt sich unwissend.

«Ist von den Ärzten, Westerland. Kennst du doch, oder?»

Mein Fachwissen beeindruckt sie sichtlich. Sie grinst mich an.

«Ach ja, oh mein Gott, da war ich ja noch ein kleines Kind. Fast schon ein alter Klassiker, oder?»

«Sag mal, wie alt bist du eigentlich?»

Die Neugierde bringt mich noch um! Leider meint Raphael gerade den Gentleman spielen zu müssen.

«Eine Dame fragt man so etwas doch nicht!»

Trotzdem möchte er es natürlich ebenso wissen wie ich. Also sehen wir Beide zur sexy Ärztin hinüber. Sie wirkt gerade etwas verlegen. Hier im Moment sehen wir nicht die souveräne und selbstsichere Ärztin Frau Doktor Sandy, sondern vor uns sitzt ein wunderschönes Fräulein. Sie wird rot und senkt ihren Blick. Sie sieht im Moment so schüchtern und süß aus, einfach unglaublich. Oder spielt sie nur mit uns? Nein, rotwerden kann man doch nicht lenken. Die Gefühle sind echt! Jetzt nur nicht klein beigeben, ich muss fragetechnisch am Ball bleiben.

«Ach komm, jetzt kennen wir uns schon lange genug, mir kannst du es doch sagen, nicht wahr.»

«Hm, jedenfalls bin ich sicher jünger als du.»

Sie lächelt mich mit ihrem roten Bäckchen an. Hör jetzt auf, sonst werde ich ja hier noch verlegen. Außerdem wirkt Raphael ein wenig beleidigt, er wurde von ihr heute noch nicht so angelächelt wie ich. Das passt ihm gar nicht. Aber ist es meine Schuld? Wohl nicht! Um sein Gesicht zu wahren, lächelt auch Raphael. Paula stößt wieder einen ihrer gefürchteten Lacher aus. Marianne bleibt mit finsterer Miene schweigend sitzen. Die Beiden, also Dr. Sandy und Marianne, sind nicht unbedingt Freunde. Irgendwann einmal gab es eine organisatorische Konfliktsituation in der Dr. Sandy Mariannes Art der Patientenzuteilung kritisierte. Unter anderem gehört es zu den Aufgaben der Stationsschwesternvertetung die täglichen Entlassungen und Neuaufnahmen, beziehungsweise auch alle

Zutransferierungen zu koordinieren. Diese Arbeit ist nicht kompliziert, lediglich etwas Zeitaufwändig und Mühsam. Frauen werden zu Frauen gelegt und Männer müssen neben anderen Männern aufgenommen werden. Ende! Mehr ist hier nicht zu tun. Keine besondere Herausforderung. Und doch hat jeder irgendwie seine eigene Art an diese Arbeit heranzugehen. Dr. Sandy beispielsweise hat sich angewöhnt, niemals Patienten gleicher Diagnose nebeneinander zu legen. Meist kann man dies auch verhindern. Der Grund ist einfach. Wenn bei einem Patienten etwas nicht komplett nach Plan läuft, soll der Nachbar nicht sofort alle möglichen Komplikationen, die auch ihn treffen könnten, live miterleben. Das erspart Ärger! Pflegepersonen fällt es somit einfacher Ausreden zu erfinden, weshalb der Patient im Nebenbett schon so lange schmerzverzerrt herumliegt. Und bei ihm wäre das alles ja ganz etwas anderes und man könne diese Diagnosen niemals miteinander vergleichen.

Aus irgendeinem Grunde ist Marianne anderer Meinung. Sie hält nichts von der Diagnosentrennung. Und genau dies wurde emotional und höchst lautstark vor rund einer halben Ewigkeit ausdiskutiert. Seither verachten sich die Beiden gegenseitig und reden nur noch dienstliches miteinander. Nebenbei ist Marianne auch eifersüchtig. Ihr pfeift kein Mann hinterher, der jungen Ärztin natürlich sehr wohl. Weiblicher Geschlechterkampf! Kinderkram.

«Nun, ein etwas älterer Herr würde sicher gut zu dir passen.»

Jetzt ist es mir vollkommen egal, ich gehe in die Offensive. Dann hat Raphael eben das Nachsehen. Er wird seine Chance schon wieder einmal bekommen. Ich kenne einige Geschichten über Raphael und er kennt vieles von meinem Leben. Wir würden beide keine Gelegenheiten auslassen, den Anderen auszustechen. Jetzt der Todesstoß für Raphael.

«Vielleicht sollten wir alles Weitere bei einem Bier, heute nach dem Dienst besprechen?»

Geschafft! Jetzt ist Dr. Sandy noch röter geworden. Ich habe mein Tagesziel erreicht und das trotz des Katers und des blauen Auges. Oh ja, ich bin gut.

«Da muss ich dich enttäuschen, ich habe bis morgen früh Dienst!»

Sie ist gerade noch entkommen. Fast hätte sie einem Date zusagen müssen.

Das Aufnahmegespräch

Herr Gavin hat sich bereits in seiner Zelle eingefunden und er bemüht sich, nicht allzu ängstlich zu wirken. Er möchte männlich sein, wenigstens hier! Daheim lebt er gemeinsam mit seiner Vollfrau in einem kleinen, bürgerlichen und gepflegten Häuschen am Stadtrand von Wien. Sonntags wird der Rasen gepflegt und seine Frau kocht Wiener Schnitzel für den Mittagstisch. Seit über dreizehn Jahren ist dies so und so soll es auch bleiben. Rasen-Schnitzel-Rasen-Schnitzel-Rasen-Schnitzel-Rasen-Schnitzel.

Und nun soll Herr Gavin hier im Krankenhaus brav in seinem Zweibettzimmer bleiben und am Besten nicht groß auffallen. Auffallen wird er bestimmt nicht, aber sein Umfeld fehlt ihm jetzt schon. Hier gibt es so gut wie kein Grün. Zu neunundneunzig Prozent besteht die gesamte Umgebung der Klinik aus Beton. Und die paar Bäume und Sträucher die verloren und verletzlich hier herumstehen, warten seit langem schon auf gerechte Pflege. Sie leben und sterben einsam und unbemerkt. Sofort sieht Herr Gavin die totgeweihten Grünpflanzen und er empfindet Mitleid. Wird er auch so enden? Einsam, verlassen und verwelkt? Verloren gegangen hier im Spital. Keiner erinnert sich an den kleinen Mann, sogar seine Gattin kommt ihn weder besuchen, noch abholen. Sie steht daheim am Herd, es ist Sonntag und sie wundert sich, weshalb in letzter Zeit so viele Schnitzel über bleiben. Was war früher anders? Sie weiß es nicht mehr. Irgendwann wird nicht mehr darüber nachgedacht und die übriggebliebenen Schnitzel werden wöchentlich weggeworfen.

Intimsphäre ist hier in diesem Zimmer ein Fremdwort. Ihm wurde der Fensterplatz zugewiesen, so kann er wenigstens die grünen Verliererkollegen beobachten. Sein Bettnachbar ist Herr Stanic, der unappetitlichste Patient derzeit hier auf der Station. Weit über siebzig, liegt der Kerl tagaus tagein hier im Bett, präsentiert seinen todesgrau verfärbten, knochigen Arsch und pfurzt. Der Alte kann aufstehen, er wäscht sich sogar noch alleine, aber das war es dann auch. Nur zum Kacken und manchmal auch zum Pissen, steht er noch auf. Wenn es ihm keine Lust bereitet aufzustehen, pieselt er eben auch schon einmal ins Bett. Ins Bett geschissen wird glücklicherweise bisher noch nicht, das ist sogar für ihn zu abartig. Zwischen den Betten gibt es keine Trennwand, ja nicht einmal einen dünnen Vorhang und so blitzt der Arsch des Alten immer in Richtung Herrn Gavin. Wie soll er das nur aushalten, er möchte wieder nach Hause laufen! Es stinkt unglaublich hier im Raum! Ist der Bettnachbar schon verstorben und keiner merkt es? Wenn Menschen sterben, pfurzen sie doch auch. Das hat Herr Gavin irgendwann einmal im Fernsehen gesehen. Die Gase im Bauchraum suchen sich Wege um den kalten Leichnam zu verlassen und so rülpsen und pfurzen die Toten vor sich hin. Wer garantiert denn, dass dieser Kerl hier noch lebt? Bewegt hat er sich bisher jedenfalls noch nicht. Herr Gavin nimmt sich vor, die Situation genau zu beobachten und gegebenenfalls die Presse über diese Missstände hier zu informieren. „Patient liegt tagelang tot im Bett", „Und schon wieder ein Pflegeskandal", „In Österreich stirbt man einsam!", so könnten die Schlagzeilen lauten.

Noch nie war er gerne fort von daheim, sein Heim gibt ihm die nötige Sicherheit, das Leben zumindest irgendwie erträglich zu gestalten. Neuerungen verderben seine Stimmung, da kann sogar dieser kleine Kerl laut und cholerisch werden. Andere Menschen wären glücklich einmal im Jahr drei Wochen in Griechenland, Spanien, England, Alaska, Kärnten, Salzburg, Niederösterreich, Oberpullendorf, Unterstinkenbrunn, einem Schrebergarten, einer Proletentherme, oder ähnlichem, zu verbringen. Für Herrn Gavin sind solche Urlaube und Ausflüge tödlich. Alleine schon die Hotelzimmer sind für ihn Brutstätten des Hasses und der Gewalt. Die Matratzen sind doch immer zu weich für ihn, die Fernbedienungen für den Fernseher sind, trotz der wenigen Tasten, unverständlich und der Wasserdruck des Duschkopfes ist mit dem daheim niemals zu vergleichen. Aber vor allem der Fernseher bringt ihn zum Ausrasten. So gut wie alle Fernbedienungen dieser Welt sehen verdammt ähnlich aus, vor allem die Icons für die Lautstärkenregulierung und der Sendersuche sehen immer gleich aus, aber für Herrn Gavin ist es nicht möglich, sich auf so eine Kleinigkeit neu einzustellen. Viele unschuldige Fernbedienung donnerte er somit schon gegen Hotelzimmerwände. Und erst wenn seine Frau ihren bösen Blick aufsetzt, reißt er sich wieder zusammen. Dann ist er wieder der kleine, stummgeschaltene, unterdrückte Ehemann. Und jetzt ist er hier neben diesem Pfurzer. Was findet er hier alles in seinem kleinen Reich? In diesem Zimmer stehen die bereits erwähnten zwei Betten, dazugehörig stehen zwei Kleiderkästen herum und ein kleiner Tisch mit zwei Sesseln krönt diese exquisite Einrichtung. Der Stil erinnert etwas an die DDR der Siebziger. Die Nachttische sind kleine Rollwägen. Nichtabschließbare Laden und eine heraus klappbare Tischfläche bilden eine scheußlich hässliche Einheit. An einem Ende des Zimmers ist eine kleine Wascheinheit. Eng berechnet ist hier auch eine kleine Schwingtüre montiert. Mit einem Rollstuhl kann man hier nicht hineinfahren. Gratuliere dem Architekten nachträglich. WC und Dusche befinden sich vor dem Patientenzimmer. An der Wand hängt ein alter Röhrenfernseher der Marke „NoName". Hoffentlich gibt es da keine Streitereien mit dem anderen Patienten. Wobei, der ist ja ohnehin schon tot, da kann Herr Gavin ja einschalten was er möchte. Nur wo ist die Fernbedienung? Herr Gavin durchforstet das komplette Zimmer, er blickt in alle Kästen und in alle Laden. Auf dem Tisch befindet sich auch nichts Vergleichbares. Soll er auch in der Lade des alten Sackes nachsehen? Was, wenn er es merkt. Mit viel Phantasie lebt er ja doch noch. Was, wenn gerade, als er vor der geöffneten Lade steht, die Türe aufgeht und ein Arzt oder eine Schwester kommt herein. Sie würden ihn sicher anzeigen wegen versuchten Diebstahls. Vom kleinen Eigenheim ins Krankenhauszimmer und von dort ab in den Knast, das wäre eine üble Karriere. Aber, wenn der doch seine Fernbedienung gestohlen hatte? Könnte ja immerhin sein! Herr Gavin traut sich nicht nachzusehen, er würde später mal eine Schwester fragen, jetzt sind die

Gedanken sowieso viel zu weit weg. Er kann nur noch an morgen denken, da sollte es soweit sein. Die OP ist nicht wegzudenken. Schon seit Tagen gibt es in seinem Kopf nur noch dieses eine Thema. Auch wenn er mit seiner Frau einkaufen war, wenn er mit dem Auto fuhr, wenn er beim Kochen half und sogar, wenn er den Rasen mähte, gab es nur die kommende Hilflosigkeit in Form der Narkose und der danach kommenden Schmerzen, in seinem Kopf. Alles Andere wurde subtrahiert. Kein Platz im Gehirn für Ruhe, Gelassenheit, Sicherheit, Humor oder Selbstvertrauen. Nur Angst beherrscht diesen Körper! Und was soll Selbstvertrauen bringen? Ihm selbst vertraut er ja, nur dem Arzt, der in seinem Körper herumwühlen wird, kann er nicht vertrauen. Wie soll er auch? Viel zu kurz war die bisherige ärztliche Aufklärung. Nur kurz wurde er von einem Chirurgen begutachtet und für die OP vorgemerkt. Mehr war noch nicht! „Kommen sie einfach zur Aufnahme, ihr Chirurg wird ihnen alles Weitere erklären." Das war es, mehr hat er noch nicht erfahren. Natürlich hat er Angst! Kennt er doch nicht einmal den Namen, geschweige denn das Gesicht seines Chirurgen. Er setzt sich auf sein Bett und blickt steif sitzend aus dem Fenster. Vor zweiundzwanzig Jahren hatte er seine erste, und bisher auch letzte OP. Sein Blinddarm musste raus. Nach der Narkose kotzte er stundenlang und natürlich erwartet er das Gleiche auch dieses Mal. Verbesserungen der Narkotika sind ihm kein Begriff. Woher auch? Für ihn ist Narkose gleichzusetzen mit Kotzen. Egal, wer etwas anderes erzählt.

Seit mehr als einer Stunde ist er nun schon hier im Zimmer. Seine Frau ist schon lange weg. Sie muss noch einkaufen und ihre Hüftschmerzen erlauben es ihr nicht, allzu lange unterwegs zu sein. Wenn sie heimkommt kocht sie sich ein kleines Menü und legt sich danach zum Ausruhen auf die Wohnzimmercouch. Keiner kümmert sich um ihn! Er sitzt hier, unterdrückt seine immer wieder aufsteigende Übelkeit, die von den dutzenden Pfürzen, gepaart mit seiner Angst, hervorgerufen wird und verfällt zunehmend.

Bevor das Gespräch mit Paula auf dem Program steht, möchte ich noch rasch das Aufnahmegespräch mit Herrn Gavin machen. Nach dem Essen ist dies eine gemütliche Aufgabe. Ich gehe etwas plaudern, während die Anderen die Medikamente für den kommenden Tag vorbereiten und die Mittagsmessungen übernehmen müssen. Dies bedeutet, Blutzucker und Blutdruck werden rund eine Stunde nach dem Mittagessen kontrolliert. Nicht bei jedem Patienten, aber es ist mühsam genug. Die Pflegepersonen wandern von Zimmer zu Zimmer und suchen die Patienten auf. Mittlerweile sitzen auch schon viele Angehörige in den Zimmern herum und quatschen einen dumm an. Manche wieder einmal mit der Nase an der Zimmerdecke. Diese Angehörigen ignorieren einen sowieso. Wenn man in die Nähe des Patienten kommen möchte, muss man als Pflegeperson bitten, vorgelassen zu werden. Mit einem abwertend gemeinten Gesichtsausdruck wird der Stuhl, auf dem die Arschlöcher herumsitzen, etwas zur Seite gerückt. Dann kann sich der hier arbeitende Mensch dazwischen zwängen und gnadenhalber die Arbeit erledigen. Manche winken sofort ab und geben bekannt, jetzt nicht gestört werden zu wollen. Ihr Idioten, was bildet ihr euch denn alle ein? Ich arbeite hier, ich weiß, weshalb ich hier diese Messung machen muss. Ihr habt doch alle keine Ahnung, bleibt daheim wenn euch stört, dass hier Menschen wie Schwestern und Pfleger arbeiten! Andere Angehörige, versuchen einen auf die Probe zu stellen. Sie stellen einem Fragen über die Erkrankungen und erhoffen so, unsereins in Verlegenheit zu bringen. Nicht mit mir! Ich rede euch in den Dreck ihr Pöbel! Testet mich nur, dann kann ich es euch zeigen. Besonders toll sind Diskussionen mit Medizinstudenten oder Krankenpflegeschülern, die als Angehörige hier antanzen. Sie glauben, alles schon zu wissen und die jahrelange Berufserfahrung zählt nicht. Das ist Kabarett pur! Über solche Deppen lachen wir alle immer wieder einmal gerne im Aufenthaltsraum. Aber es gibt natürlich auch die netten, entgegenkommenden Angehörigen. Die verwöhnen uns mit Naschereien, Kuchen und Kaffee. Besonders beliebt ist „Merci"-Schokolade. Diese Schokoladenstücke hat man in einer Woche kiloweise auf der Station. Keiner kann das Zeug mehr sehen, aber gegessen wird es immer wieder. Keine Schokolade, kein Kuchen, kein Essen verdirbt hier. Alles wird geschluckt. Wenn es sein muss, kommen unsere Chirurgen und vernichten Nahrungsmittel, die wir von der Pflege über gelassen haben. Alles, das nicht schmeckt, spendieren wir großherzig den Studierten!

Oft möchte man in ein Zimmer gehen, um bei Patient A den Blutzucker zu messen, da meldet sich Patient B mit einem Anliegen. Man verlässt rasch das Zimmer, erfüllt Patienten B seine Wünsche, holt also irgendeinen Scheißdreck für ihn, da kommt auch Patient C auf die Idee irgendetwas zu brauchen. Wieder raus aus dem Zimmer, wieder etwas besorgen. Endlich darf man seine eigentliche Arbeit beenden. Jetzt noch etwas Smalltalk mit den Patienten und den Angehörigen, dann geht es weiter. Außer einem der Anwesenden fällt noch irgendetwas ein. Und eigentlich fällt immer irgendjemanden noch etwas ein. So eine dumme Arbeit kann schon einmal über eine dreiviertel Stunde dauern. Nicht mit mir, ich schätze den Blutdruck ohnehin und bin so rascher fertig. Den Zucker muss ich korrekt messen, den können die Patienten nämlich selber ablesen. Da geht kein Hintertürchen! Normalerweise bereite ich gerne die Medikamente für den kommenden Tag vor. Heute meide ich diese Arbeit jedoch freiwillig, würde ich doch ständig mit meiner Müdigkeit kämpfen. Heute Morgen noch habe ich mir vorgenommen, so wenig Patientenkontakt wie möglich zu suchen, denn mein blaues Auge rückt mich in ein eher asoziales Licht. Aber es kam dann doch anders. Viele zeigten eher Mitleid und Andere haben die Situation totgeschwiegen. So ein normales Aufnahmegespräch wird also kein Problem sein. Zuerst werfe ich einen kurzen Blick in die Krankengeschichte, um ein wenig vorinformiert zu sein, dann geht es ab zu Herrn Gavin. Als Information genügt mir eigentlich die Diagnose.

Ich klopfe an der Patiententüre an, warte jedoch nicht auf eine Rückmeldung, sondern öffne sofort danach die Tür und betrete das Zimmer. Herr Gavin dreht sich, im Bett sitzend, zu mir um und nickt mir zu, als ich seine Namen ausspreche. Kurz wird die Hand geschüttelt. Zum Glück ist sein Weib jetzt nicht hier im Zimmer. Immerhin möchte ich ja mit ihm reden. Sie hätte sicher das Gespräch in die Hand genommen und ich hätte ewig lange leiden müssen.

«Grüß Gott Herr Gavin, mein Name ist Pfleger Buhtke, ich hätte ein paar Fragen an sie. Könnten wir uns kurz hier am Tisch zusammensetzen?»

Auch wenn ich eine Frage stelle, ich lasse dem Patienten keine Wahl abzulehnen. Ich setze mich an den Tisch, halte erstmals keinen Blickkontakt mit dem Patienten und warte, bis er endlich seinen Hintern neben meinen platziert. Herr Gavin wirkt jetzt noch unsicherer als bei der Aufnahme selbst. Irgendwie werde ich es doch hoffentlich schaffen, den armen Kerl zu beruhigen. Er starrt auf mein blaues Auge, bringt dann letztlich doch nicht den Mut auf, mich darauf anzusprechen. Nur NICHTSTARREN kann er ebenso wenig. Er möchte es sich ja mit Pfleger Bonntke, oder wie auch immer er noch schnell heißt, nicht sofort verscherzen. Herr Gavin traut sich nicht, nochmals nach meinem Namen zu fragen.

Ich schnappe mir einen Kugelschreiber, mache es mir gemütlich und beginne zu dokumentieren was der Alte mir erzählt. Sonderlich interessant wird es schon nicht werden, aber immer noch besser als das Gespräch mit Paula jetzt schon starten zu müssen.

«Als erstes, Herr Gavin, wie geht es ihnen?»

Vielleicht wird er so ja jetzt endlich lockerer.

«Gut.»

«?»

Es gibt zwei Arten von Patienten. Die Einen fallen durch bemerkenswerte Logorrhoe, Sprechdurchfall oder besser, verbaler Inkontinenz auf. Sie können die Schnauze einfach nicht halten! Selbst auf die banalsten Fragen folgen minutenlange Monologe. Frage so jemanden einmal nach dem Befinden. Die kommenden fünf Minuten sind somit schon einmal verplant. Für eine Pflegeperson sind diese Menschen abstoßende Kreaturen, die sich selbst unentwegt in den Vordergrund spielen müssen. Wie geht es ihnen? Diese Frage reicht in diesem Falle aus, um Kinderkrankheiten, Erbkrankheiten und unfallchirurgische Vorfälle der letzten siebzig Jahre durch zu gehen. Diesen Schrott schreibe ich nicht mit. Interessiert niemanden! Auch juckende Hautareale zwischen den Beinen und andere Infektionskrankheiten werden zum Thema gemacht. Überaus spannend wird es, wenn die Namen aller bisher involvierten Ärzte aufgezählt werden. „Und dann war ich bei Professor XY aus Amstetten, aber den kennen sie ja sicher." Woher sollte eine Wiener Krankenpflegeperson irgendeinen unwichtigen Arzt von irgendwoher kennen? Und weshalb sollte es mich als Pfleger interessieren, ob dieser Patient eben diesen Arzt kennt? Es werden in Spitälern keine internen Bonuspunkte vergeben. So nach dem System, wer jemanden kennt, der einen Doktortitel hat, bekommt eine extra große Nachspeise, oder eine eigens für ihn angefertigte Windelhose. Drei Ärzte – Ein Pudding, oder so ähnlich. Sonderklassepatienten überschütten uns häufig mit so Unsinn. Alte Rektoren, Anwälte oder Kommerzialräte im Ruhestand finden es angemessen, sich dahingehend wichtig zu machen. Solche Leute gestikulieren wild, halten selten Blickkontakt und überlegen minutenlang jedes zu sagende Wort. Die überlegen auch ewig, wie denn der Arzt hieß, der 1984 die Leberbiopsie bei ihnen durchgeführt hatte. Er denkt-denktdenktdenkt. Ohne Erfolg. Ich bin frustriert. Will den Kack nicht hören. Aber ich habe kein Glück. Der mindestens hundertzehnjährige Mensch kämpft sich vom Sessel zum Kasten. Er zittert wegen der Altersschwäche und des Parkinson. Aber er gibt nicht auf. „Lassen sie es, ich brauche den Namen nicht, ich kenne den Arzt ja eh nicht." Kein Erbarmen! Jetzt wird die Innentasche seines Sakkos nach dem Kalender durchsucht. Er findet ihn, blättert darin herum. Die Seiten lösen sich bereits auf, es dürfte ein Kalender aus den 1960er Jahren sein. Zumindest sieht er so aus. In seiner Gesäßtasche seiner beigen Leinenhose gibt es ja noch sein kleines schwarzes Telefonbuch. Seine Brust wird geblähter, er hat alles gefunden! „Es war Primarius Doktor Hutzebruntz!" Toll! Danke! Und nun soll ich beeindruckt sein? So nicht, Patient!

Die Anderen Patienten schweigen. Benötigt man Informationen, so reicht eine kleine Frage nicht aus. Ja-Nein Antworten sind an der Tagesordnung, für mehr reicht es nicht. Jeder Punkt muss angesprochen werden und wieder nur ein dummes Ja, oder ein deprimierendes Nein. Herr Gavin ist zweifelsohne in der Kategorie der „Anderen" zu finden. Keinem geht es gut wenn er im Krankenhaus aufgenommen wird. Krankenhaus und „gut gehen" ergibt einfach keine sinnvolle und glaubwürdige Symbiose. Zumindest nicht am Tag der Aufnahme. Ein bisschen Nervosität darf man doch wenigstens erwarten, oder? Da liegen absichtlich überall in den Kliniken Instrumente wie Pinzetten oder Einmalskalpelle offen herum, damit Patienten ein wenig eingeschüchtert werden, und dann? Es geht ihnen gut! Klemmen, Nadelhalter, Spreizer, Kornzangen und Scheren, alles umsonst! Es geht ihnen gut! So Instrumente müssen Nichtmediziner doch beunruhigen. Deshalb lassen Ärzte ja den ganzen Krempel herumliegen. Wenn Oberärzte auf der Station sind und an Patienten herumdoktern, dann geht es zur Sache. Viele blutige Tupfer, Nadeln und Fäden, Klemmen voller Blut, Nadelhalter und blutrote Kopfpölster bleiben nach erfolgreicher Drainageentfernung beim Patienten liegen. Der Herr Oberarzt ist sich natürlich zu gut, um seinen ganzen Dreck wieder wegzuräumen. Oder er möchte die anderen Patienten und Angehörigen hier im Zimmer verschrecken.

«Haben sie zurzeit irgendwelche Beschwerden?»

Erneut versuche ich mein Glück bei Herrn Gavin.

«Naja, ich werde morgen operiert. Ich habe eine Bandscheibe. Deswegen bin ich ja hier, aber das steht doch sicher alles in den Unterlagen. Sie sollten alles in den Unterlagen finden. Sehen sie mal dort nach. Meine Frau hat alles abgegeben. Die Ärztin hat ja alles, ich habe ja nichts mehr.»

Also kann er doch sprechen! Leider bisher nur Schwachsinn. Wenn ich nach den Beschwerden frage, möchte ich keine Diagnose von dem Patienten hören. Wenn ein Mensch zu einem Arzt geht, schafft er es dort ja auch Symptome wie Schmerzen, Übelkeit, Fieber, usw. anzugeben. Der Arzt hört sich im Normalfall die Symptome an, addiert diese, denkt nach und nennt eine Diagnose. Und eventuell bedeutet so eine Diagnose später irgendwann einmal einen Krankenhausaufenthalt. Dennoch bleiben die Beschwerden aber bitte immer noch die Beschwerden. Der Arzt und auch die Pflegeperson kennt die Diagnose bei den Aufnahmen. Unter Umständen heißt diese Diagnose eben „Bandscheibenvorfall". Wenn ein Patient mir sagt er hätte „Bandscheibe", so ist das Blödsinn. Wir sind Wirbeltiere, natürlich hat er eine Bandscheibe. Nur ist das Wort „Bandscheibe" weder eine Beschwerde noch eine Diagnose. Aber wir wissen ja, was ihr meint!

«Ich kenne den Aufnahmegrund Herr Gavin, aber wie ist man denn darauf gekommen?»

«Durch eine CT oder eine MT, oder wie das heißt. Nein! Es heißt MRT.»

«?»

Um diese Antwort erwarten zu dürfen hätte meine Frage folgendermaßen lauten müssen: „Welches bildgebende Verfahren wurde eingesetzt, um die Diagnose „Bandscheibenvorfall" bestätigen zu können?"

«Ich meine, haben sie Schmerzen?»

«Natürlich habe ich Schmerzen, was denken sie denn? Ich habe es mit der Bandscheibe. Das macht immer Schmerzen, das sollten sie wissen.»

Herr Gavin fühlt sich missverstanden. Wieso weiß mein Pfleger nicht, dass jemand, der an der Wirbelsäule erkrankt ist, Schmerzen hat?

«Haben sie zurzeit auch Schmerzen?»

«Ja sicher, ich kann kaum noch gehen! Wie ich zur Toilette kommen soll ist mir ein Rätsel. Abends muss ich sicher raus, und ich bin ja so weit weg. Ich kann ja nicht einmal hier neben der Türe liegen.»

Herr Gavin deutet abfällig zum Nachbarpatienten.

«Schauen sie, wir haben keine anderen Betten frei. Und der Nachbar ist ja auch krank, aber eventuell hat er ja nichts dagegen, wenn wir die Positionen tauschen. Er schläft jedoch, vielleicht stimmt er ja zu. Ich werde ihn später fragen.»

«Ja, ich möchte an der Türseite liegen.»

«Wie gesagt, ich frage ihn wenn er wieder munter ist. Ich verspreche nichts.»

«Gut, aber vergessen sie es nicht wieder!»

Was bedeutet „nicht wieder vergessen"? Du Arsch, ich habe hier bei dir noch überhaupt nichts vergessen.

«OK, wo sind denn die Schmerzen genau?»

Die Antwort kenne ich bereits. Schon aufgrund der Diagnose und der Höhe des Bandscheibenvorfalls kenne ich alle Symptome nur zu gut. Die sind nämlich immer gleich. Die Worte von dem Patienten höre ich nicht mehr. Wieder sehe ich nur bewegte Unterkiefer und Lippen. Aber es vergeht wieder Zeit, und das ist gut. Je länger der Quatsch hier dauert, umso später muss ich mich dem Gespräch mit meiner Chefin stellen. Herr Gavin berichtet von ziehenden Schmerzen im Unterschenkel, aber nur an der Außenseite. Die Schmerzen ziehen in den kleinen Zeh und Taub wird dieses Areal auch schon langsam. Blablabla…

Ich denke mich in eine schönere Welt voller Annas und Claras und wie sie alle heißen mögen. Vor allem aber in eine Welt ohne Leah! Wenn schon eine Leah, dann nur ihre Lippen und ihre Zunge. Oh Mann! Diese Zungentechnik! Die Lippen des Gegenübers kommen wieder zur Ruhe.

«Alles klar! Wie weit können sie derzeit ohne Hilfe gehen?»

«Von der Haustüre bis zur Garage.»

Auch wenn ich keine Ahnung habe, wie weit diese scheiß Garage vom Haus entfernt sein soll, so möchte ich es gar nicht genauer erfragen. Wer den Weg von einer Haustüre zu einem Garagentor schafft, schafft es auch, abends bis zum Scheißhaus zu kommen. Das Umschieben der beiden Herren erspare ich mir also.

«Haben sie irgendwelche Nebenerkrankungen?»

«Nein.»

«Kein Zucker, oder ähnliches?»

«Na Zucker habe ich schon, seit neun Jahren.»

«Spritzen sie Insulin, oder nehmen sie Tabletten dagegen?»

«Nein, ich messe ja nicht einmal. Nur mein Hausarzt kontrolliert alles sechs Monate den HB1AC Wert, mehr nicht.»

Ich bessere ihn nicht aus. Ja, es heißt HBA1C, aber das merkt sich dieser Depp ja ohnehin nicht. Leider müssen wir hier nun mindestens einmal am Tag den Zucker dieses Mannes messen. Es wird ihm sicher nicht gefallen, aber da muss er durch. Auch wird er Diabetikerkost fressen müssen. Da kann man nichts machen. Er wird es überleben hier am Sonntag kein Schnitzel zu essen.

«Gut, meine Kollegen oder ich werden später mal den Zucker von ihnen kontrollieren. Mal sehen. Aber Herz, Lunge, Magen, Darm? Alles in Ordnung?»

«Soweit ich weiß, ja.»

«Haben sie Allergien?»

«Nein.»

Herr Gavin sieht mich etwas niederschreiben und wird unsicher.

«Aber schreiben sie nicht wieder „Nein". Sonst kriege ich eine Allergie und sie sagen dann wieder, ich hätte ja gesagt, ich hätte keine Allergien.»

Was hat der für ein Problem. Schon wieder sagt er „wieder". Ich schreibe nicht WIEDER nein und ich sage auch nicht WIEDER irgendetwas. Arschloch!

«Nein, ich schreibe „keine bekannt".»

Was macht es für einen Unterschied? Für ihn gar keinen. Ich kann schreiben was ich möchte und wenn ich das Wort „Hirnwichser" hier in das Feld kritzle. Ein Arzt verordnet das Antibiotikum Augmentin und der gute Herr Gavin reagiert allergisch darauf, dann kann ihm egal sein, was in den Unterlagen steht. Dann kämpft er im schlimmsten Falle mit dem Tod!

«OK, das ist in Ordnung.»

Wenigstens er ist zufrieden.

«Ich bräuchte bitte noch eine Telefonnummer eines Angehörigen.»

«Ich gebe ihnen die Nummer meiner Frau.»

«Passt.»

«Aber ich kenne die Nummer nicht auswendig.»

Er steht auf und schleppt sich zum Kasten, das sind keine zehn Meter Entfernung. Er öffnet die Tür und greift nach seinem Handy. Weshalb liegt das denn nicht hier auf dem Nachttisch? Herr Gavin greift ebenfalls zu einer Lesebrille. Auch sie liegt im Kasten, seltsam. Er setzt die Brille auf, klebt sich das Telefon trotzdem scheinbar direkt auf seine Augäpfel, jedenfalls sieht es so aus und er drückt vollkommen planlos auf dem armen Ding herum. Immer wieder erkennt man seine Hilflosigkeit. Knöpfe werden gequält und er wird immer ungeduldiger und hektischer. Ärger macht sich in seinem Gesicht breit. Er versucht auf dem Weg zurück zum Tisch zu einem positiven Abschluss zu kommen. Aber die Handyentwickler arbeiteten gegen ihn.

«Kann ich helfen?»

Ich versuche die Situation zu verkürzen. Auch wenn ich Zeit habe, aber ich will mir dieses Trauerspiel nicht länger ansehen müssen.

«Ich werde es schon finden.»

Er bleibt ein sturer Optimist. Nach weiteren geschlagenen fünf Minuten kommt dann die allesentscheidende Frage.

«Wie schalte ich denn die Tasten hier ein?»

Oh Nein, der hat noch gar nicht nach der Nummer gesucht, der Kerl hat noch nicht einmal die verblödete Tastensperre deaktiviert. So sitze ich bis zum Dienstschluss hier herum, das geht nun auch wieder nicht. Irgendwie muss ich das hier beschleunigen.

«Geben sie her, ich helfe ihnen.»

«Kennen sie dieses Handy?»

«Ich habe eines derselben Marke, die sind alle gleich.»

Er reicht mir das Gerät. Endlich kann ich weiterkommen. Nach wenigen Sekunden sind die Tasten wieder zu benutzen und ich öffne ungefragt sein Telefonbuch. Ich frage, ob ich gleich selbst nach der Nummer suchen soll. Zum Glück sagt Herr Gavin Ja! Tausend Dank!

«Unter was ist ihre Frau denn gespeichert?»

«Liebes.»

Die Nummer ist rasch herausgefiltert und wird von mir notiert.

«Alles klar, ich denke fürs Erste habe ich alles. Ich gebe ihnen jetzt noch das Armband mit ihren Daten darauf, auf welche Seite soll ich es denn geben?»

«Egal!»

Abwechselnd werden mir nun von einem hektischen Patienten die Arme präsentiert. Rechts her zu mir, zurückgezogen, links nach vorne gestreckt, überlegt, wieder zurück, wieder her, wieder weg, links zaghaft nach vorne geschnellt, rasch wieder eingezogen. Das macht mich nervös. Seine linke Hand ruht seit wenigen Sekunden vor meiner Nase. Ich versuche das Armband hinter die auf dieser Hand befindliche Armbanduhr zu montieren. Fehlgeschlagen, denn kaum war ich in der Nähe der Hand wurde sie zurückgezogen und die rechte Hand wandert in meine Richtung.

«Nehmen wir die, die ist besser.»

In solchen Momenten muss man als Pflegeperson rasch reagieren. Binnen weniger Sekunden schnappe ich mir unsanft den Arm des Patienten und ohne nochmals nachzufragen binde ich das Band um das Handgelenk. So, du bist ab nun markiert. Von diesem Moment an bist du eine Nummer. Patient Nummer 54871! Mehr nicht. Nur noch eine zu behandelnde Ware mit Armbanduhr und Krankenhausnachthemd. Sogar die Unterhose bleibt ab jetzt im Kasten, die brauchst du nämlich nicht mehr. Zeige uns deinen nackten Arsch!

«Kann ich sonst noch etwas für sie tun?»

«Hm, nein. Wann komme ich denn morgen dran?»

«Ich kann noch nicht sicher sagen, ob sie morgen operiert werden, wir bekommen erst später den OP Plan für morgen. Aber sobald ich mehr weiß, sage ich ihnen bescheid.»

«Mir wurde gesagt, ich werde morgen operiert!»

«Das glaube ich schon und wahrscheinlich wird es auch so sein, nur ich weiß davon noch nichts. Erst wenn der Plan fertig ist sehe ich ihn und danach komme ich zu ihnen. Vielleicht sind sie ja am Plan.»

Hier breche ich das Gespräch ab. Mehr gibt es nicht zu sagen. Vor über zwei Wochen hat ein Arzt dem Patienten versprochen, er würde einen Tag nach der Aufnahme operiert werden. Mehr nicht! Es war nur ein Versprechen eines Arztes. Sich darauf zu verlassen bringt Tränen. Woher soll denn der Arzt wissen, ob nicht vielleicht dringendere Fälle hier liegen und vorher operiert gehören? Solche Zusagen von Seiten der Ärzte sind Schwachsinn, doch leider glauben viele Patienten diesen Schrott. Und die Pflegeperson steht vor den Patienten und bekommt den Unmut ab, wenn eine OP verschoben wird. Hier braucht man gute Nerven und einen starken Rücken. Tagtäglich werden Tonnen an Leid auf unserem Rücken abgeladen und wir sollen immer gut drauf sein. Nein Danke! Geht nicht! Oder besser, will ich nicht! Bleibt wo ihr seid, lasst eure Sorgen in eurem Bett. Wenn ich frage, wie es geht, bitte nur kurz und sachlich antworten. Auf fachliche Fragen kann ich gerne und richtig antworten, aber Gefühlsausbrüche kann ich nicht leiden. Weinende Patienten sind Gift für mich. Sie machen mich selbst so schwach! Und das will ich nicht sein müssen.

Ich bedanke mich bei Herrn Gavin für das Gespräch, reiche ihm die Hand und verlasse zügig das Patientenzimmer. Herr Gavin steht langsam vom Sessel auf und geht zurück in sein Bett. Er setzt sich wieder, mit Blickrichtung aus dem Fenster, auf den Bettrand und greift zu seinem Handy. Er wählt „Liebes"

«Liebes? Du, ich werde morgen nicht operiert!»

Er blickt traurig auf die Bäume unten auf der Straße.

«pfffft»

Der Bettnachbar lebt doch und hat sich im Schlaf umgedreht.

Exorzismus

13:30 Uhr und ich habe endlich die Aufnahmearbeiten komplett beendet. Die Administration ist erfolgreich abgeschlossen und nun folgt das Unausweichliche. Paula erwartet mich für unser Meeting in ihrem Büro. Sie hat eigentlich kein eigenes Büro, aber es gibt ein sogenanntes Stationsbüro. Hier sitzen beide Leitungen und auch immer wieder Ärzte. Krankenunterlagen sind hier genauso zu finden wie auch personelle Aktenordner. Im Stationsbüro steht ein großer Schreibtisch, der Chefplatz. Besitzer des Arschlochgens brauchen einen großen Schreibtisch. Auf dem Tisch stehen eigenartig rosagelbe Bilderrahmen herum. Fotos von Paulas Freunden, dem Lebensgefährten und sogar Fotos von Paulas hässlichen Katzen stehen hier rum. Ekelhaft! Als hätte dieser Mensch echte Freunde, ich kann mir das nicht vorstellen. Und erst der Lebensgefährte! Ein kleiner dicker Mann um die vierzig. Er heißt Rudolf! Da steht doch tatsächlich ein Foto von ihm ihn Badehose und mit Vollbart. Sieht aus wie Reinhold Messner minus einem Meter, aber das gleiche Gewicht. Tja, das ist also ihr Traummann. Die Beiden sollten auf jeden Fall beisammen bleiben, sonst wird ein erneutes Partnersuchmanöver schwierig. Ansonsten findet man hier auf dem Schreibtisch die üblichen Schreibtischdinge. Einen PC, einen Drucker, diverse Mappen und Schreibkram. Ein eigenes Telefon besitzt die Beste nicht, dafür ist sie noch nicht hoch genug in der internen Klinikhierarchie. Aber jeder hier auf der Station wünscht ihr für ihr berufliches Weiterkommen alles erdenklich Gute. Dann wäre sie nämlich weg und in irgendwelchen entlegenen Büros nervt sie das arbeitende Basisvolk wenigstens nicht mehr. Vor wenigen Augenblicken hat Paula die Chefposition eingenommen. Das bedeutet, sie sitzt nun in ihrem riesigen Lederchefsessel. Ihr Schreibtischsessel ist höher als sie selbst. Einen Meter Rückenhöhe im Sitzen und beinahe zwei Meter Sesselrückenhöhe. Das beweist ihr unglaubliches Selbstbewusstsein. Um ihre kleine Leitungsseele etwas zu stärken, gibt es einen Lederthron für die Fürstin. Paula wippt. Sie wippt immer in diesem Stuhl. Hier kann ein Mensch nur schwer sitzen, ohne zu wippen. Noch dazu macht dieser moderne Ruheplatz für Übergeordnete so einen schönen Wippton. Man kann richtig die Stoßdämpfer bei ihrer Arbeit hören. Das macht Eindruck! Auf der gegenüberliegenden Schreibtischseite sitze ich. Auf einem, mindestens zehn Jahre alten, zerfransten Stuhl mit Stoffbezug. Es ist ein hässlicher, hellgrüner Stuhl, an dem die Rückenlehne wackelt und diese jederzeit herabzufallen droht. Sehr lange möchte ich hier ohnehin nicht sitzen bleiben müssen. Ich werde vom Sitzen immer müder, jetzt gähnen wäre nicht nur unhöflich, sondern auch fatal. Paula würde mich sofort auf mein nicht vorhandenes Engagement ansprechen. Wir sind alleine im Raum. Ihre Vertretung hat Paula vorsorglich Kaffeetrinken geschickt. Sie möchte nicht, dass sich jemand Dritter ins Gespräch einmischt. Vor Paula liegt ein dicker Akt; sie öffnet ihn und beginnt etwas darin zu blättern.

«Horst, du weißt, weshalb ich mit dir sprechen möchte, oder?»

Sie sieht mich nicht an. Ihr Blick bleibt in den Unterlagen kleben.

«Wenn ich ehrlich sein soll, ich habe keine Ahnung.»

Meine Antwort ist ehrlich. Ja, ich bin faul, komme oft zu spät und zeige auch sonst wenig Arbeitsmoral, aber was davon sollen wir nun besprechen?

«Also Komm, wir sitzen jetzt nicht das erste Mal beisammen. Immer wieder gab es in der Vergangenheit Schwierigkeiten. Und vor einigen Wochen musste ich wieder etwas über dich hören!»

„Vor einigen Wochen"??? Ja was soll das jetzt? Ich weiß nicht, was vor Wochen war, ich weiß ja nicht einmal was ich vor einer Woche getan habe. Vorsorglich schweige ich und höre einfach nur zu.

«Horst, du hast hier im Dienst eine Schülerin beleidigt. Und noch am selben Tag hast du gemeinsam mit Raphael Alkohol getrunken! Einfach so, die Schülerin hat es mir erzählt. Auch andere Kollegen wissen davon. Was sagst du dazu?»

Was soll ich dazu sagen? Vor Wochen soll ich eine Schülerin beleidigt haben? Natürlich kenne ich diese Geschichte, doch in meinem Kopf ist diese Sache Vergangenheit. Es war eine saudumme Schülerin, zu dumm zum Scheißen. Und jetzt kommt sie hier an und regt sich auf!

«Ich habe sie nicht beleidigt!»

Selbstsicher kann ich dies verneinen und sogar so meinen. Was war vor Wochen geschehen? An einem Sonntag saßen am Nachmittag alle Kollegen im Aufenthaltsraum beisammen. Wir unterhielten uns ausgezeichnet und waren sicher etwas lauter als üblich. Nur junge Kollegen hier im Dienst, noch dazu einige hübsche darunter. Also muss man etwas Gas geben. Raphael war ebenfalls anwesend und auch er flirtete ein weinig herum. Cornelia, unsere damalige Schülerin hatte Dienst bis fünf am Abend. Irgendwann am Nachmittag läutete es in irgendeinem 08/15 Zimmer. Keine schweren Patienten. Klarerweise warten wir alle ab, bis die Schülerin auf die Glocken geht. Nach wenigen Sekunden ist es dann auch soweit. Wir tratschen weiter. Cornelia, schon seit vielen Wochen hier im Praktikum, kommt nach wenigen Minuten wieder zurück in den Aufenthaltsraum. Sie fragt schüchtern nach, denn ein Patient möchte ein Duschpflaster bekommen. In meinem ersten Anfall von Freundlichkeit deute ich an, aufstehen zu wollen, um zu dem Patienten zu gehen. Die Schülerin winkt jedoch ab und meint, sie könne das auch selber machen. Ich lehnte mich wieder zurück, zündete mir eine Zigarette an und meinte lautstark: „Dann gehe und wechsle den Verband!" Cornelia drehte sich eingeschnappt um und ging. Sie erledigte brav den komplizierten Pflasterwechsel. Alle Anwesenden hier im Aufenthaltsraum lachten über die Schülerin, denn diese Aktion war blöd und sinnlos. Soll sie doch gleich den Verband wechseln, wofür kommt sie her und erzählt das jedem. Sie ist schon im letzten Ausbildungsjahr und wird in Kürze auf die Menschheit losgelassen, ein furchtbarer Gedanke! Zuvor war sie als Kosmetikerin tätig, wahrscheinlich hatte sie dort keine Gelegenheit, sich eine harte Haut zuzulegen. Doch hier bei uns arbeiten zu viele starke Charaktere, da geht so ein kleines Mäuschen gnadenlos unter. Sie kam nach dieser Aktion für die nächste Stunde nicht mehr in den Aufenthaltsraum. Alle Anwesenden können dies bestätigen, immerhin haben wir alle den Raum für Stunden nicht mehr verlassen. Aber wann habe ich sie denn beleidigt? Als ich ihr sagte, sie solle gefälligst ihre verdammte Arbeit erledigen? Ist ja lachhaft.

«Sie sieht das etwas anders, ich werde auch noch alle anderen befragen, möchte aber zuerst mit dir darüber sprechen.»

Erstmals kann sie mir in die Augen blicken.

«Wie siehst du die Situation?»

«Hör zu, die Komikerin ist nicht einmal in der Lage selbstständig einen scheiß Verband zu wechseln und du sagst, ich beleidige sie? Die kann nix! Sie ist einfach unfähig, was solls, dann ist sie halt sauer auf mich. Zu mir hat sie nichts gesagt und jetzt nach Wochen kann sie dir erzählen was sie will. Interessiert mich wenig. Soll sie herkommen und mir das alles persönlich sagen.»

Jawohl, jetzt bin ich oben auf. Diesen Diskussionssieg kann mir keiner mehr nehmen!

«Und was sagst du zum Thema Alkohol im Dienst?»

Mist! Ausgleich! Oder doch besser ein 4:1 für Paula. Was soll ich sagen? Natürlich ist es in einem medizinischen Beruf untragbar Alkohol während des Dienstes zu genießen. Auch erwachsene Männer dürfen nicht mal mit einem kleinen Gläschen Sekt anstoßen. Aber wie sieht die Praxis aus? Alkohol ist bei vielen Ärzten noch die gesündeste Droge in ihrem Körper. Die schmeißen sich im Dienst Tabletten ein, die man am Karlsplatz um teures Geld an Drogenabhängige verkaufen könnte. Und wenn ein Kollege mal Geburtstag feiert und Brötchen und Sekt mitbringt, stoßt klarerweise auch Paula mit an. Sie trinkt dann 0,2ml Sekt und spricht nicht weiter darüber. Aber Alkohol ohne Anlass? Nicht mit unserer Chefin. Was war an diesem Sonntag so aufregend? Kurz gesagt: Nichts! Irgendein Patient schenkte uns an diesem Tag aufgrund seiner Entlassung zwei Flaschen Sekt. Es war nicht einmal ein besonders Guter. Irgendeine Billigmarke, die man eigentlich nur mit Orangensaft gemischt ertragen kann. Und zu Mittag wurde die erste Flasche geköpft. Zu fünft tranken wir daran! Fünf Leute trinken eine Flasche Sekt, da bleibt wohl nicht viel für jeden einzelnen über. Ich hatte zu dieser Zeit wohl mehr Vitamin C durch die Beimengung des Orangensaftes zu mir genommen, als Alkohol. Gut, von dieser Flasche bekam unsere Prinzessin noch nichts mit, denn zu dieser Zeit war sie gerade in Mittagspause. Zirka eine Stunde später öffnete ich damals die zweite Flasche. Und die tranken Raphael und ich langsam zu zweit aus. Sie sah uns, als wir im Aufenthaltsraum saßen und den Sekt einfach direkt aus der Flasche tranken. Wozu Gläser bemühen, geht ja auch so. Für eine zerbrechliche Kosmetikerin ist dies wohl zu viel. Tage später lief sie weinend in der Küche zu einer alten Arschlochkollegin und weinte sich aus. Sie sei es nicht gewohnt sich so einen Spruch anhören zu müssen und Alkohol während der Arbeit zu sehen. Welcher schlimme Spruch? Hier sind wir alle eben vielleicht etwas direkter als anderswo. In einem Kosmetiksalon wird sicher anders miteinander umgegangen als hier bei uns. Aber nur deswegen muss ich mich heute doch nicht hier anscheißen lassen, oder? Mal sehen, vielleicht kann ich mich ja irgendwie aus der Affäre ziehen.

«Das war doch nicht schlimm, wir haben einfach miteinander angestoßen, mehr war da nicht. Und sie hatte ja nichts damit zu tun.»

«Angestoßen? Ihr habt zwei Flaschen Sekt ausgetrunken und auch noch einiges aus der Flasche gesoffen. Was soll ich jetzt sagen? Einmal kurz anstoßen ist ja ganz ok, aber das ist doch etwas zu viel.»

Ihre Stimmung ist nicht ganz im Keller, hier könnte ich ganz gut raus kommen. Aber wie?

«Sie übertreibt wirklich, aber du hast ja recht. Wir hätten etwas gesitteter sein können. Aber beleidigt habe ich dieses Kind dennoch nicht, egal was sie behauptet.»

«Hier in dieser Mappe vor mir, finden sich viele Einträge. Und alle Einträge handeln von dir. Zu spät gekommen, gar nicht zum Dienst erschienen, alkoholisiert im Dienst, Streitereien und Gedächtnisprotokolle und so weiter. Wie lang soll es denn noch so weitergehen?»

Jetzt werde ich endgültig meinen Kopf aus der Schlinge ziehen.

«Paula, es war kein Alkoholexzess. Ja, wir haben gemeinsam getrunken, aber glaub mir doch, die Schülerin übertreibt. Frag doch mal die Anderen!»

«OK, ich möchte so und so mit allen Beteiligten reden, danach setzen wir uns auf jeden Fall wieder zusammen und dann klären wir alles endgültig.»

Paula steht auf, ich bin mir aber noch nicht sicher, ob die Sache für heute wirklich schon ausgestanden ist. Es war bisher irgendwie fast etwas zu mild. Sie ist eher dafür bekannt, ungerecht, aufbrausend und kompliziert zu sein. Der Herr Paula, daheim bei ihr, hat letzte Nacht vielleicht wieder ganze Arbeit geleistet. Hormonelle Ausgeglichenheit sorgt für bessere Stimmung am Arbeitsplatz. Nachdem sie die Bürotür öffnet, wird mir klar, ich bin raus! Das ging nochmal gut. Man stelle sich vor, nur eine kleine Äußerung von einer ehemaligen Schülerin bringt mich hier in Verlegenheit! Schnell ein Kaffee und eine Zigarette.

«Ichmussaufskloichmussaufskloichmussaufskloichmussaufsklo...»

Kaum sitze ich im Aufenthaltsraum, höre ich am Gang eine Frau vor sich hin plappern.

«SchwesterSchwesterSchwesterSchwester, bitte, Schwester bitte...»

Das hält ja keiner aus. Nicht nur, dass die weibliche Stimme laut und in einer durchdringenden Frequenz auf die Mitmenschen losgelassen wird, auch das Tempo des gesprochenen ist beeindruckend. Ich werde neugierig. Meine Zigarette ist flott weggepufft und der Kaffee und ein Glas Wasser schnell getrunken. Mit ein wenig Bauchschmerzen wage ich mich auf den Gang hinaus. Hier steht ein Krankenbett mit einer dazugehörigen Patientin darin. Eine rund vierzigjährige mollige Frau liegt hier unruhig im Bett. Sie wird soeben von der Intensivstation zu uns transferiert. Nachdem sich die Situation auf der Intensivstation kurzfristig geändert hat, mussten sie rasch einen Patienten loswerden und abtransferieren. Wir haben ein Bett frei, also landet der Patient bei uns auf der Station.

«SchwesterSchwester, bitte, ichmussaufskloichmussaufskloichmussaufsklo...»

Eines steht jetzt schon mal fest, die braucht dringend gute Medikamente! Sie ist psychisch auffällig und motorisch unruhig. Nun wissen wir auch, weshalb ausgerechnet diese Person die Intensivstation verlassen musste. Sprechen Patienten zu viel? Sind sie zu unruhig? Vielleicht könnte man die ja auf eine Normalstation legen! Und schon liegt hier eine seltsame Person vor mir am Gang. Meine Kollegen sind bereits dabei umzuräumen. Klar, so eine Verrückte muss in Zimmer Zwei untergebracht werden. Woanders wäre diese Frau nicht tragbar.

Viel wissen wir ja noch nicht von ihr, nur so wie sie sich gerade präsentiert, kann man die ja nur festschnallen und beobachten. Wieso wird dieser Tag denn bloß nicht gemütlicher. Ich gehe sofort auf Zimmer Zwei und sehe, die erste Position wurde freigeräumt. Der arme schwerhörige Patient ist von nun an in den Fängen Leahs. Ich wünsche ihm nachträglich noch alles Gute. Das Bett mit der eigenartigen Person wird von einem Patiententräger in Zimmer Zwei verfrachtet. Von nun an übernehme ich die Patientin. Der Träger überreicht mir eine Patientenakte, auf der steht groß der Name der Frau. Frau Irmgard Tischler, geboren am 12.12.1952, wohnhaft in Wien Favoriten.

«Grüß Gott Frau Tischler, ich bin Pfleger Buhtke, wie geht es ihnen?»

«Ichmussaufskloichmussaufskloichmussaufsklo…»

«Frau Tischler, verstehen sie mich?»

«Ja! Bitte! Schwester, Schwester, Bruder! Ichmussaufsklo…»

Das Gequatsche nimmt kein Ende, so eine Situation kann schnell eskalieren. Auch ich bin nur ein Mensch, es gibt Grenzen! Ich schlage die Krankengeschichte auf und sehe die Diagnose. Meningeom. Diese Diagnose ist weder gut noch schlecht. Es handelt sich einfach um einen gutartigen Hirntumor. Frau Tischler wurde vor drei Tagen operiert und hier steht doch eindeutig der Vermerk: „unauffälliger postop. Verlauf". Lediglich in einem Bericht wird kurz erwähnt, diese Frau sei in der vergangenen Nacht unruhig gewesen. Immer wieder spricht sie automatisiert vor sich hin. Weshalb sie dies tut, weiß niemand. Eine psychiatrische Begutachtung wird empfohlen. Aus! Mehr nicht. Der Rest gehört uns hier auf der Station. Fresst oder sterbt.

Ich lasse sie mal alleine und gehe einen Arzt suchen. Ich brauche weitere Informationen. So kann die doch nicht bleiben, da dreht ja jeder durch. Auf dem Weg ins Stationsbüro läuft mir Helga über den Weg. Sie hat gerade von unserer Aufnahme erfahren und möchte sich dieses Original persönlich ansehen. Raphael verlässt gerade die Toilette. Er wollte Kacken gehen, aber er hörte irgendwelche komischen Geräusche und eine Frau sprach immer ununterbrochen. Da wollte die Kackwurst dann doch nicht mehr hinaus. Er sieht ermüdet aus. Schlechte Ernährung sorgt bei ihm für chronische Verstopfung und jetzt, wo es gehen sollte, machte ihm Frau Tischler einen Strich durch die Rechnung.

«Hilfe, Bruder, bitte kommen sie kurz her, bitte kommen sie, Bruder!»

Selbst zwanzig Meter entfernt dringen diese Sätze noch durch meinen Körper. Helga kommt nach wenigen Minuten laut lachend aus Zimmer Zwei. Gerade als ich versuche einen Arzt zu erreichen, betritt Herr Professor Steuber die Station. Eigentlich kann ich diesen Arzt überhaupt nicht leiden, aber in dem Moment ist er unter Umständen ganz hilfreich. Er arbeitet zwar eigentlich auf der Nachbarstation, aber egal, ich spreche ihn an.

«Herr Professor, ich brauche ihre Hilfe.»

Die Situation wird geschildert. Zum Glück kennt der Arzt die Patientin und er hat auch schon von der letzten Nacht gehört. Frau Tischler wird von ihm begutachtet. Wir beide betreten das Patientenzimmer. Frau Tischler redet und redet und redet und redet in einer Tour. Professor Steuber kommt bei ihr nicht zu reden.

«Nein, sie nicht! Bruder bitte, kommen sie her, kommen sie bitte! Schwester, Bruder! Nein, mit ihnen will ich nicht reden...»

Professor Steuber wirkt hilflos. Dies ist der Grund für folgende Entscheidung.

«Frau Tischler, wenn sie so weitermachen, holen wir einen Psychiater!»

DANKE! Das wollte ich hören. Mir wird vom Arzt erzählt, dass diese Patientin noch nicht aufstehen darf. Eine leichte Nachblutung wurde auf dem CT Bild festgestellt. Nur, diese Frau Tischler begreift dies niemals. Auch wenn man es ihr hunderte Male erzählt, sie würde immer noch aufstehen wollen. Es gibt für Patienten in so einer Situation eigentlich nur eine Lösung und die heißt „Schutzfixierung". Auf gut deutsch, im Bett wird ein Gurt angebracht, der das Aufstehen verhindern soll. Der Gurt wird der Patientin also von Helga um den Bauch gelegt und verschlossen. Kleine Magnete sorgen so für einen sicheren Halt. Sind Patienten aggressiv, so können auch die Arme und Beine niedergebunden werden, hier sollte der Bauchgurt aber fürs Erste ausreichen. Ideal wäre ja das so verpönte Netzbett, doch leider darf man das ja nicht mehr verwenden. Wieso eigentlich? Ein modernisiertes, weiterentwickeltes Netzbett würde die Unfallraten auf Stationen deutlich verringern. Heute krabbeln Patienten aus dem Bauchgurt, klettern über das Bettgitter und klatschen ungebremst auf dem Krankenhausboden. Verstauchungen, Blutungen, klaffende Wunden und sogar Brüche sind die Folgen von solchen Ausflügen. Ein Netzbett würde all dies verhindern. Die Leute liegen in einem normalen Bett, nur rundherum wird ein engmaschiges Netz gespannt. Keine ungebetenen Bettstürze und dergleichen! Tolle Erfindung, jedoch angeblich sogar verboten. Einige Psychiatrien benutzen diese Dinge trotzdem noch. Bevor sich Krankenpflegepersonen schlagen und verletzen lassen, schnallen sie die Patienten eben in diese Netzbetten. Und bitte, warum denn nicht? Soll ich mich schlagen lassen? Wo bitte steht in meiner Stellenbeschreibung etwas von „Prügelknabe" spielen?

Wir haben hier auf der Station schon viele Patienten auf dem Boden schlafen lassen. Natürlich nicht auf dem kalten und harten Krankenhausboden, sondern wir haben die Matratze einfach auf den Boden gelegt, rundherum den Bauchgurt geschnallt und die verschiedensten Patienten dort hineingelegt. So konnten sie nicht mehr auf den Boden stürzen, denn sie waren ja schon dort. Einmal, es war gerade drei Uhr früh, kam mir am Gang eine Patientin entgegen. Sie kroch auf allen vieren, mit der Matratze auf dem Rücken, zu mir her. Was sie wollte, wusste sie nicht mehr, es ging ihr soweit ganz gut, sie wollte nur einfach nicht im Zimmer bleiben. Wie eine Schildkröte kroch sie zu mir her. Diese Patientin trat mir Stunden später mit dem linken Bein in meinen Magen. Auch hier wusste sie nicht mehr, weshalb sie dies tat. Prügelknabe!

Frau Tischler jedenfalls hat nicht vor, ruhiger zu werden. Einerseits verstehe ich das. Sie liegt hier herum, hat einen Gurt um den Bauch geschnallt und kennt sich überhaupt nicht aus. Menschenseelenfalle Krankenhaus. Für Besucher ergibt sich so ein zweifelhaftes Bild. Die Pflegepersonen sitzen im Aufenthaltsraum bei Kaffee und Kuchen, manche rauchen sogar, während Patienten doch tatsächlich ins Bett gebunden sind. Aber was sollen wir denn anderes tun. Wir sind 12,5 Stunden im Dienst, da können wir uns nicht stundenlang mit einem Patienten befassen. Das hält keiner durch. Bin ich psychisch im Arsch, bin ich auch niemals in der Lage, Patienten kompetent und sicher zu versorgen. Viele Patienten krabbeln ohnehin auch aus den Gurten heraus. Klatsch! Und wieder ein Sturz!

«EinGlasWassereinGlasWassereinGlasWasser…»

Sie macht sich wieder bemerkbar! Die Sätze fließen in einem Höllentempo aus ihrem Maul. Höchstwahrscheinlich ist sie besessen. Ein Exorzist wäre die Rettung, bloß, woher nehmen? Hier an der Klinik kenne ich keinen. Um möglichst rasch wieder weiterrauchen zu können, erfülle ich ihr den Wunsch. Natürlich überreiche ich der Wahnsinnigen kein Glas. In der Küche warten Kunststoff-Schnabelbecher auf ihren Einsatz. Kaltes Wasser hinein, Plastikdeckel mit Saugstutzen rauf und ab zu Frau Satanas Tischler.

«Hier bitte, ihr Wasser.»

Das ist die gute Tat des Tages! Sie hat den bösen Blick! Ihr entkommt niemand mehr. Wir alle hier auf der Station sind geliefert. Noch in dreißig Jahren wird man uns Filme und Bücher widmen. Wir, die Pflegepersonen des heutigen Tages, werden den Dienst sicher nicht überleben. Vielleicht werden wir gegessen, unsere Körperbehaarung wird mit Genuss von Frau Tischler aufgeraucht. Nach dem kanibalistischen Abendmahl gönnt sie sich eine Schamhaarzigarre. Selbstgerollt! Genaueres wird erst nach unserem Tode festgestellt. Eine eigene Spezialeinheit untersucht diesen Fall. SOKO Menschenfresser! In der ZIB werden bekannte Psychologen und Psychiater geladen, die Fehler im Gesundheitssystem anprangern und den Angehörigen der Opfer ihr Beileid aussprechen. Sogar ein Priester spricht in den Nachrichten zum Volk. In Rom beschäftigt dieses Phänomen die Kardinäle des Papstes. Ist dies alles tatsächlich das Werk Satans? Wer wird mich wohl in der Verfilmung spielen dürfen? Bleibt es eine österreichische Produktion, oder landet der Fall in Hollywood? Ich werde dies alles nicht mehr erleben, mein Name lebt ewig weiter. Horst Buhtke, erstes Opfer der satanischen Kannibalin.

Doch noch ist mein Kreislauf stabil. Mein Herz pocht und ich bin in der Lage, Verachtung zu empfinden. Vor allem, nachdem ich Frau Tischler das Wasser überreicht hatte, denn ihre Antwort lässt nicht lange auf sich warten.

«LauwarmesWasserlauwarmesWasserlauwarmesWasser…»

Du verrücktes Ding, was soll das denn jetzt?

«Wieso wollen sie jetzt ein lauwarmes Wasser?»

«Schwester, Bruder! Ich trinke nur lauwarmes Wasser. Ich muss aufs KloichmussaufsKlolauwarmesWasserlauwarmes-WasserlauwarmesWasser…»

Schnauze! Das halte ich nicht aus. Keiner hier, der mir helfen kann. Alle Kollegen haben sich im Aufenthaltsraum verschanzt. Natürlich kommt keiner freiwillig her um mir zu helfen. Selbst Leah, die sonst ja immer hilfsbereit ist, drückt sich. Weshalb ist klar! Erstens müsste sie dann mit mir gemeinsam hier im Zimmer arbeiten und zweitens müsste sie sich Frau Tischler, also Satan, stellen. Sie wäre verloren. Verbal könnte sie dieser Verrückten niemals das Wasser reichen. Aber sie ist gläubig! Leah wäre vielleicht sogar die Rettung. Immer wieder sitzt Leah, mit der Bibel unter dem Tisch versteckt, im Aufenthaltsraum. In der Bibel zu lesen, gibt ihr Kraft. Aber Gott ist nicht stark genug, denn sie hat nicht den Mut, die Bibel offen auf den Tisch zu legen. Nur heimlich blättern und die Lippen zu den Worten bewegen, mehr ist nicht drin. Doch kann sie Satan vertreiben? Er wäre wohl zu stark! Aber in der Verfilmung wird es wohl von ihr versucht werden. Das kommt immer ganz gut an beim Publikum! Ich gehe also das Wasser wechseln. Kaum drehe ich mich um, versucht Frau Tischler aufzustehen. Der Gurt verhindert dies zwar, aber sie wird immer unruhiger. Mit der linken Hand erreicht sie den Nachttisch. Die Lesebrille wird sofort auf den Boden geworfen. Zeitungen folgen. Auch eine Orange wird unsanft quer durch das Zimmer geworfen. Ich höre das Klatschen der Orange und drehe mich um. Zum Glück trifft Frau Tischler keinen Mitpatienten. Lautstark mache ich mich bemerkbar. Ich brülle sie an. Frau Tischler sieht mich erschrocken an. Tatsächlich nimmt sie wieder am Bettrand Platz. Sie versucht den Verschluss des Gurtes zu öffnen, scheitert jedoch an der Physik. Magnetverschlüsse sind zu viel für Satan. Wer hätte das gedacht. Meine Stimme schüchtert den Unheiligen ein. Sollte ich stärker sein, als ich dachte?

Lauwarmes Wasser scheint besser verdaulich zu sein. Wohltemperiert trinkt sie es. Und, ich kann es nicht glauben, sie schweigt. Wenigstens für einige Sekunden ist es still hier im Zimmer. Die Monitore der anderen Patienten hier im Zimmer, zeigen wieder normale Herzfrequenzen und die Blutdruckwerte sinken wieder kurzfristig. Leider trinkt Frau Tischler nicht mehrere Stunden. Und so setzt sie bald wieder die anstrengende und sinnlose Monologfabrikation fort.

«IchmussaufsKloichmussaufsKloichmussaufsKlo. Bitte, ich halte das nicht mehr aus. Ich kann hier nicht. Ich muss aufstehen. Schwester, Bruder! Hilfe, hilfehilfehilfehilfe. EinGlasWassereinGlasWasser. Bruder, helfen sie mir. Ich muss, ich muss.»

Ich möchte kotzen. Den Müll höre ich mir nicht mehr länger an. Zurück im Aufenthaltsraum muss ich alles erzählen. Frau Tischler wird von uns allen verrissen. Es muss sein, wir lassen alle Dampf ab.

Brustimplantate vs. Skin

Paula und Marianne sind fort. Dienstschluss am frühen Nachmittag. Jetzt haben die Beiden wieder Möglichkeit, Kräfte zu
sammeln. Kräfte, um uns wieder aufs Neue zu terrorisieren.
Bestimmt sitzt Paula gerade daheim und sie überlegt sich, wem
sie morgen auf die Nerven gehen wird. Pläne werden ge-
schmiedet. Marianne nimmt sich Zeit, um sich wieder zu
sammeln. Sie tankt neues Selbstbewusstsein. Ein Treffen mit
ihren Eltern ermutigt sie wieder und gibt ihr neue Kraft. Der
Vater von Marianne gibt ihr hilfreiche Tipps. Er zeigt ihr Wege, sich gegen Paula durchzusetzen. Mutter mischt auch brav
mit. Sie macht sich ja so große Sorgen, denn sie erkennt ihre
eigene Tochter ja nicht wieder. Früher war sie so eine fröhliche
Person, doch seit sie diesen Job als Vertretung angenommen
hat, wirkt sie immer so depressiv und unsicher. In Wahrheit
weiß Marianne, dass sie gegen Paula wohl nie ankommen wird.
Sie ist dazu viel zu schwach und sucht auch immer öfter den
Kontakt zu den anderen Mitarbeitern auf der Station. Viel zu
gerne wäre sie eine gute Leitung, aber sie kennt keinen Weg,
dies Wirklichkeit werden zu lassen. Manchmal sitzt sie daheim
und weint. Natürlich leise, denn keiner kennt diese Abgründe
ihrer Seele.

Hier auf der Station ist es zum Glück ruhig geworden. Dies
bedeutet nicht, die Patienten geben Ruhe. Nein, dies bedeutet
nur, wir sitzen alle hier im Aufenthaltsraum und scheren uns
einen Dreck um den Rest der Welt. Seit über zwei Stunden
läuft der Fernseher wieder im Hintergrund. PRO7 kann immer
laufen, dass ist ok. Eine Doku-Soap nach der Anderen. Aufre-
ger für Leah und Irene. Bei „We are Family" wird eine deutsche Familie vorgestellt. Der Vater seit Jahren arbeitslos, die
Mutter verstorben. Der Sohn, 16 Jahre alt, ist in die rechtsex-
treme Szene hineingerutscht und hat monatlich Termine bei
der Jugendstaatsanwaltschaft. Und die Tochter des Hauses, 21
Jahre alt, bildhübsch, möchte sich die Brüste vergrößern lassen, um in ihrem Job als GoGo-Tänzerin erfolgreicher zu wer-

den. Sind diese Storys wirklich echt? Egal, wir Menschen sind so neugierig, wir wollen die Probleme anderer Familien sehen und kennen, um zu bemerken, dass es uns ja gar nicht einmal so schlecht geht. Psychoding aus dem Fernsehen. Die Privatsender arbeiten wohl mit den Regierungen dieser Welt zusammen, um uns Bürger ruhig zu stellen. Danach kommt „Lebe deinen Traum"! Eigentlich das Gleiche wie die Sendung zuvor, nur anderes Thema. Ein junges Paar möchte ein Kind adoptieren. Nachdem sie noch nicht verheiratet sind, wird dieses Unterfangen unmöglich. Also plant der junge Mann, ein 22jähriger fetter Kerl mit Oberlippenbart und Goldkettchen, seine Angebetete, 20 Jahre jung, ebenfalls ein fettes Ding, zu ehelichen. Das Fernsehteam begleitet den künftigen Bräutigam wochenlang, bis er letztlich den Antrag macht und ein eindeutiges „Ja" erntet. Eine Stunde lang, wird die perfekte Lovestory konstruiert.

Diese Sendungen sind Irene und Leah zu viel. Erschüttert von der katastrophalen Familiensituation der zukünftigen Megabusen-Lady regen sie sich lautstark über die unchristliche Erziehung auf. Und das Kinderlose Paar sei ja noch viel zu jung um sich dieser Verantwortung zu stellen. Wer so fett aussieht, überfüttert doch garantiert das eigene Kind. Und so ein Blödsinn kommt aus dem Munde von Irene. Eine adipöse Philippinerin, selbst Mutter eines Idiotenkindes! Ihr habt also alle das Recht andere zu kritisieren. Lebensunfähiges Pack!

Um dreiviertel Vier startet die Nachmittagsvisite. Ein oder zwei Ärzte gehen wieder einmal von Patient zu Patient um Neuigkeiten zu erfragen. Eine zuständige Krankenpflegeperson begleitet die Ärzte meistens. Zu meinem Glück opfert sich Raphael! Ich verlasse trotzdem den Aufenthaltsraum und setzte mich zum PC um ein wenig im Internet zu surfen. Hier im Krankenhaus werden dem World Wide Web rasch Grenzen gesetzt. Den Pflegepersonen ist es nicht gestattet, auf alle Seiten zuzugreifen. Neben Pornoseiten sind auch Auktionen und private Emailanbieter gesperrt. Nervig! Aber zum Glück gibt es auch einen PC der Ärzte, an diesem Gerät gibt es keine Zugriffseinschränkungen. Selbst die schrägsten Pornoseiten sind anwählbar. Das habe ich alles schon in so manchem Nachtdienst überprüft. Aufgegeilt von Sexbildchen und Escort-Firmen eilte ich immer wieder einmal auf das Herrenklo um Hand anzulegen. Klarerweise achtete ich darauf, unauffällig zu bleiben. Egal mit wem ich Nachtdienst hatte, nächtliches Onanieren kann ich hier niemandem erzählen. Würde ich hier jede Nacht eine Ärztin oder Schwester ficken, wäre ich wohl der Held an dieser Station, jedoch wichsen? Damit kann kein Mann angeben. Das erbärmliche Bild eines Krankenpflegers, der onanierend am Krankenhausklo steht, ist wohl niemandem zuzumuten. Heute surfe ich ein wenig auf diversen Nachrichtenseiten herum und schaue nach, welche Neuigkeiten die Webseiten der Bands „Die Ärzte", „Schandmaul", und „In Extremo" auf Lager haben. Danach noch ein wenig auf „YouTube" herum suchen; hier dürfen wir sogar hin, nur es gibt keinen Ton, denn an den PCs sind keine Lautsprecher angeschlossen; und dann wieder rauchen. In dieser Zeit läutete es drei Mal. Jedesmal rannte Leah zu den Patienten. Ich habe immer noch kein schlechtes Gewissen. Raphael ist mit der Visite unterwegs, Irene ebenfalls, und Leah kümmert sich um die Patienten. Helga sitzt gerade am Klo. Das klingt doch alles perfekt. Mich vermisst ohnehin hier niemand. Gedanklich bin ich schon daheim und liege im Bett. Vielleicht kann ich ja früher weg hier. Jetzt werde ich einmal mit Raphael darüber reden. Helga hat sicher nichts dagegen. Mal die Visite abwarten, dann werde ich ja sehen.

Natürlich dauert die Visite ewig lange. Die beiden Ärzte waren heute noch gar nicht hier. Die Beiden haben von nun an Dienst, bis morgen Mittag. Der heutige Oberarzt ist Prof. Dr. Walter Baumschneider, ein Arzt kurz vor der Pension. Aus Prinzip kennt dieser Kerl keine Patienten. Er ist ja eigentlich so gut wie nie hier. Meistens sitzt er auf der Universität und unterrichtet. Leider kann er nicht viel Aktuelles an die Studenten weitergeben, denn er selbst lebt ja noch in der Medizin der

1970er Jahre. Er ist dennoch sehr beliebt bei den Studenten, denn er gilt als sehr humaner Prüfer. Sozialverhalten steht weit über Fachkompetenz. Auch mit bei der Visite ist Dozent Krahmer. Ein fast Vierziger. Groß und stämmig steht er vor den Patienten. Seine anerzogene Eitelkeit lässt es leider nicht zu, mit dem Pflegepersonal normal umzugehen. Immer wieder versucht dieser Kerl die Pflegepersonen zu Laufburschen zu degradieren. Dem Arzt fehlt vor dem Patienten ein Blutbefund und er meint, wir sollen jetzt aber rasch laufen und unseren Fehler wieder gut machen. Bereits hunderte Male hatten wir mit diesem Idioten darüber diskutiert und gestritten. Was interessieren mich die Blutbefunde? Ja, ich verstehe sie und kann viel aus ihnen herauslesen. Aber das war es! Der Arzt ordnet die Blutabnahme an, der Arzt nimm Blut ab, also kann sich dieser Depp auch selbst um die Befundung kümmern. Ich brauche diese Scheißblute nicht! Lass mich damit doch endlich in Ruhe. Klarerweise benötigt man schon ein gewaltiges Selbstbewusstsein, um einem Arzt während der Visite zu sagen, dass man jetzt sicher nicht tun wird, wonach er verlangt, aber da muss jeder selbst durch. Das ist hohe Schule und sobald man es einmal geschafft hat zurückzureden, klappt das immer wieder aufs Neue – versprochen! Keine Macht den Ärzten! Dennoch, ich habe es nicht nötig, mich mit diesen Ärschen auseinanderzusetzen. Ich will nicht minutenlang bei jedem Patienten stehen, nur um mitzubekommen, dass die Ärzte keine Ahnung haben. Professor Baumschneider ist heute wieder in Hochform. Er spricht den im Bett liegenden Herrn Hofer an.

«Guten Tag! Herr Hofer…»

Der Blick fällt in die Patientenakte. Kurz überfliegt der Arzt alle Informationen.

«Das ist ja hervorragend Herr Hofer!»

Der Patient bemerkt zwar die Euphorie, er kann sie nur nicht teilen, daher schweigt er.

«Was soll ich sagen, ihr Chirurg ist ja ein wahrer Künstler.»

Der Professor steht stolz vor dem Patienten. Er möchte hören, wie gut die Chirurgie hier im Hause denn ist.

«Was meinen sie?»

Der Patient wirkt etwas genervt, auch alle anderen Beteiligten sind ratlos. Was könnte der Professor nur meinen. Verwirrte Blicke wechseln sich hier im Raum ab.

«Na ich sehe ja überhaupt keine Wunde an ihrem Kopf. Sie wurden vor drei Tagen am Kopf operiert und man kann nichts erkennen. Wirklich eine tolle Arbeit.»

In Wahrheit liegt Herr Hofer erst seit gestern hier und er wartet auf seine Rückenoperation kommende Woche. Der Professor wird von seinem Kollegen aufgeklärt. Peinliche Situation! In diesem Zimmer wird der heute wohl nicht mehr ernst genommen werden. Mir ist das, wie gesagt, egal. Nach über einer Stunde ist die Visite erst beendet. Schrecklich, so darf das nicht weitergehen. Es ist jetzt kurz vor fünf und das Abendessen wird wieder lautstark hier auf die Station geführt. Mist! Ich bin ja immer noch nicht weg von hier. Wenn ich es jetzt nicht schaffe, mich davon zu schleichen, bleibe ich hier kleben. Mein Zustand wird immer schlimmer. Die Müdigkeit übermannt mich, mein Kopf schmerzt immer noch und ich will nicht mehr. Zum Glück habe ich hier auf meiner Station die meiste Zeit Ruhe vor allem. Wenn ich hier auf der Couch liege stört mich keiner, aber ich will dennoch weg von hier. Ich stehe auf und suche Raphael. Er sitzt nun vor dem Computer. Dies zeigt, wie arbeitsaufwändig es hier ist.

«Raphael, muss ich hierbleiben?»

Er grinst, sieht mich an und dreht den PC ab.

«Von mir aus gehe heim, hier ist ja ohnehin nicht mehr viel zu tun.»

Im Hintergrund ist Helga. Sie kommt gerade in den Raum und hört das Gespräch mit. Natürlich mischt sie sich ein.

«Heimgehen willst du? Nichts da!»

Sie lächelt über das ganze Gesicht. Jetzt ist klar, ich werde gehen dürfen. Die Stimmung ist ganz ordentlich. Weiter so!

«Ach komm, ich kann nicht mehr. Sie mich an! Mein Auge tut weh, mein Kopf ohnehin und ich schlepp mich ja sowieso nur irgendwie herum.»

Vielleicht reicht das ja! Mehr betteln will ich nicht.

«Hau einfach ab!»

Das wollt ich hören. Raphael ist ja doch einer der Besten. Natürlich warte ich nicht ab, was Helga sagt. Offiziell müsste ich jetzt jeden hier auf der Station fragen. Leah würde nie etwas anderes als JA sagen, zu mehr reicht ihr Mut nicht. Sie möchte mich zwar nicht früher gehen lassen, denn sie findet das alles ja sowas von ungerecht, aber das wird von ihr nur hinter meinem Rücken ausgesprochen. Irene ist es meist egal. Sie macht ja selber den ganzen Tag über nichts, also ist sie meist still wenn es um solche Dinge geht. Also, nichts wie weg von hier. Ich gehe in den Aufenthaltsraum, schnappe meine Zigaretten, stelle meine Kaffeetasse in die Spüle und verschwinde in Richtung Aufzug. Während ich das tue, überlege ich, was ich mir damit alles erspart habe. Die Nachmittagsvisite war noch auszuarbeiten, das macht also jetzt noch Raphael, das Abendessen gehörte noch ausgeteilt, das übernehmen alle zusammen und unsere Patienten werden nochmals frisch gemacht. Windeln gewechselt, Medikamente ausgeteilt, Lagern, usw. Das erspare ich mir gerne. Wirklich überarbeitet hatte ich mich bisher noch selten, aber das war für heute ja auch nicht geplant gewesen. Vor dem Aufzug treffe ich nochmals auf Angehörige. Ich grüße, sie natürlich nicht. Die Beiden sehen mir zwar direkt in die Augen, verziehen nur deren hässliche Fresse und gehen an mir vorbei. Arschlochangehörige! Weshalb arbeite ich hier eigentlich? Ist es das Geld? Soviel bekomme ich hier auch wieder nicht. Irgendwann einmal werde ich etwas anderes machen können. Wartet nur, es kommt der Tag!

Inkonsequenz

Ich verlasse um viertel Sechs die Klinik. Fast zwei Stunden früher heimgehen, das kann sich sehen lassen. Die Stunden habe ich nicht im Dienstplan vermerkt, wozu auch. Auf dem Weg zum Bus denke ich über das Abendessen nach. Mein Kühlschrank ist leer, vom Bier und Wodka einmal abgesehen. Vielleicht sollte ich noch ein Kebab mitnehmen. Dann aber ab ins Bett.

Ich stehe bei einem kleinen türkischen Laden und genehmige mir ein Kebab, dazu trinke ich ein Bier. Was sonst? Die Passanten sehen mich kritisch an. Hier steht ein Mann mit einem blauen Auge und abgetragener Kleidung. Er trinkt Bier! Der geht doch sicher nicht arbeiten und wir zahlen für den seinen Bierkonsum. Mich kritisieren die Anzugträger, die mit einem Aktenkoffer in der Hand hier auf die Straßenbahn warten. Der Aktenkoffer ist leichter als in der Früh. Das Wurstbrot und der Apfel fehlen. Also ist nur noch die Gratistageszeitung aus der U-Bahn in Leder gehüllt. Auch die Bürofrauen tratschen im Hintergrund über mich. Ich höre es und wundere mich. Wie können so dumme Menschen über mich urteilen? Wozu denn? Deren Leben ist so sinnlos! Die sollten die Klappe halten. Und selbst die offensichtlich Arbeitslosen belohnen meine Ausstrahlung mit tiefer Verachtung. Vorurteile auf beiden Seiten! Ich fühle mich schlecht und kenne nicht einmal den Grund. Kaum trage ich keine Dienstkleidung fühle ich mich klein. Allerdings wächst meine Sicherheit mit jedem Schluck den ich zu mir nehme. Schluck Bier Schluck Bier Schluck Bier…

Nach dem Kebab und dem Bier entschließe ich mich, nach Hause zu fahren. Auf dem Weg zur Wohnung klingelt mein Handy. Auf dem Display steht „Stefan M.". Ein Saufkumpel von mir. Wenn ich mich nun melde, komme ich nicht ohne Vollrausch ins Bett. Lasse ich es, liege ich in einer Stunde schlafend im Bett. Was tue ich? Todmüde von gestern, verkatert und ohne Geld, da ist die Entscheidung leicht gefällt. Aber das Bier gibt Selbstvertrauen! Ich hebe ab.

«Hallo!»

«Hallo! Treffen wir uns heute?»

«Ich habe schon aus. Treffen wir uns in einer Stunde?»

«Klar, wo denn?»

«Ich komme mal zu dir, hast du Bier daheim?»

«Klar! Für dich, immer!»

Stefan wohnt nur fünf Minuten von hier entfernt. Also auf ein Bier kann ich ja mal vorbei kommen. Aber dann gehe ich sicher schlafen. Kurz nach diesen Gedanken treffe ich bei Stefan ein. Die Türe steht bereits offen. Ich trete ein. Im verrauchten Wohnzimmer sitzt Stefan mit drei anderen Leuten. Ich kenne sie nicht. Vor ihnen stehen zwei überfüllte Aschenbecher und etliche leere Flaschen Wein und Bier. Die Stimmung ist ausgelassen. Nach zwei weiteren Flaschen Bier wird beschlossen, noch in ein Gürtel-Szene Lokal zu gehen. Soll ich mitkommen? Mein Kater ist verflogen und ich fühle mich wieder sicherer. Ich kann ja morgen noch schlafen gehen, lasst uns feiern. Bis wir im Lokal ankommen, bin ich besoffen und lasse alles geschehen. Mal sehen, vielleicht lerne ich ja heute eine bezaubernde Person kennen, die mich in ihre Welt lockt. Oder ich treffe zumindest auf billigen Sex. Aber es wird wohl so werden wie immer. Irgendwann habe ich zu viel, gehe kotzen und schlafen. Aber, wer weiß!

Ende